RECUEIL

DE

POÉSIES SACRÉES

DES MEILLEURS POÈTES FRANÇAIS,

Ouvrage propre à orner la mémoire de la
Jeunesse Chrétienne.

A PARIS,

A LA SOCIÉTÉ TYPOGRAPHIQUE, quai des
Augustins. n⁰. 49, (ci - devant place Saint-
Sulpice , n⁰. 6.)

1816.

ODES SACRÉES

DE

JEAN-BAPTISTE ROUSSEAU.

ODE I,

TIRÉE DU PSAUME XIV.

Caractère de l'homme juste.

SEIGNEUR, dans ta gloire adorable
Quel mortel est digne d'entrer?
Qui pourra, grand Dieu, pénétrer
Ce sanctuaire impénétrable,
Où tes saints inclinés, d'un œil respectueux,
Contemplent de ton front l'éclat majestueux?

Ce sera celui qui du vice
Evite le sentier impur :
Qui marche d'un pas ferme et sûr
Dans le chemin de la justice,
Attentif et fidèle à distinguer sa voix,
Intrépide et sévère à maintenir ses loix.

Rec. de Poés. sac.   **1**

Ce sera celui dont la bouche
Rend hommage à la vérité;
Qui sous un air d'humanité
Ne cache point un cœur farouche :
Et qui, par des discours faux et calomnieux,
Jamais à la vertu n'a fait baisser les yeux.

Celui devant qui le superbe,
Enflé d'une vaine splendeur,
Paroît plus bas dans sa grandeur
Que l'insecte caché sous l'herbe :
Qui, bravant du méchant le faste couronné,
Honore la vertu du juste infortuné.

Celui, dis-je, dont les promesses
Sont un gage toujours certain :
Celui qui d'un infame gain
Ne sait point grossir ses richesses :
Celui qui sur les dons du coupable puissant
N'a jamais décidé du sort de l'innocent.

Qui marchera dans cette voie,
Comblé d'un éternel bonheur,
Un jour des élus du Seigneur
Partagera la sainte joie;
Et les frémissemens de l'enfer irrité
Ne pourront faire obstacle à sa félicité.

ODE II,

TIRÉE DU PSAUME XVIII.

Mouvemens d'une Ame qui s'élève à la connoissance de Dieu par la contemplation de ses ouvrages.

Les cieux instruisent la terre
A révérer leur auteur.
Tout ce que leur globe enserre
Célèbre un Dieu créateur.
Quel plus sublime cantique
Que ce concert magnifique
De tous les célestes corps !
Quelle grandeur infinie,
Quelle divine harmonie
Résulte de leurs accords !

De sa puissance immortelle
Tout parle, tout nous instruit.
Le jour au jour la révèle,
La nuit l'annonce à la nuit.
Ce grand et superbe ouvrage
N'est point pour l'homme un langage
Obscur et mystérieux :
Son adorable structure
Est la voix de la nature,
Qui se fait entendre aux yeux.

Dans une éclatante voûte
Il a placé de ses mains
Ce soleil qui dans sa route
Eclaire tous les humains.
Environné de lumière,
Cet astre ouvre sa carrière,
Comme un époux glorieux,
Qui dès l'aube matinale
De sa couche nuptiale
Sort brillant et radieux.

L'univers, à sa présence,
Semble sortir du néant.
Il prend sa course, il s'avance
Comme un superbe géant.
Bientôt sa marche féconde
Embrasse le tour du monde
Dans le cercle qu'il décrit ;
Et par sa chaleur puissante,
La nature languissante
Se ranime et se nourrit.

O que tes œuvres sont belles !
Grand Dieu, quels sont tes bienfaits !
Que ceux qui te sont fidèles,
Sous ton joug trouvent d'attraits !
Ta crainte inspire la joie :
Elle assure notre voie,
Elle nous rend triomphans :
Elle éclaire la jeunesse,
Et fait briller la sagesse
Dans les plus foibles enfans.

Soutiens ma foi chancelante,
Dieu puissant ; inspire-moi

Cette crainte vigilante,
Qui fait pratiquer ta loi.
Loi sainte, loi désirable,
Ta richesse est préférable
A la richesse de l'or;
Et ta douceur est pareille
Au miel dont la jeune abeille
Compose son cher trésor.

Mais sans tes clartés sacrées,
Qui peut connoître, Seigneur,
Les foiblesses égarées
Dans les replis de son cœur?
Prête-moi tes feux propices :
Viens m'aider à fuir les vices
Qui s'attachent à mes pas.
Viens consumer par ta flamme
Ceux que je vois dans mon ame,
Et ceux que je n'y vois pas.

Si de leur triste esclavage
Tu viens dégager mes sens;
Si tu détruis leur ouvrage,
Mes jours seront innocens.
J'irai puiser sur ta trace
Dans les sources de ta grace :
Et de ses eaux abreuvé,
Ma gloire fera connoître
Que le Dieu qui m'a fait naître,
Est le Dieu qui m'a sauvé.

ODE III,

TIRÉE DU PSAUME XLVIII.

Sur l'aveuglement des hommes du siècle.

Qu'aux accens de ma voix la terre se réveille :
Rois, soyez attentifs : peuples, ouvrez l'oreille :
Que l'univers se taise et m'écoute parler.
Mes chants vont seconder les accords de ma lyre :
L'Esprit-Saint me pénètre, il m'échauffe, il m'inspire
Les grandes vérités que je vais révéler.

L'homme en sa propre force a mis sa confiance ;
Ivre de ses grandeurs et de son opulence,
L'éclat de sa fortune enfle sa vanité.
Mais, ô moment terrible ! ô jour épouvantable,
Où la mort saisira ce fortuné coupable,
Tout chargé des liens de son iniquité !

Que deviendront alors, répondez, grands du monde,
Que deviendront ces biens où votre espoir se fonde,
Et dont vous étalez l'orgueilleuse moisson ?
Sujets, amis, parens, tout deviendra stérile ;
Et dans ce jour fatal, l'homme à l'homme inutile
Ne paira point à Dieu le prix de sa rançon.

Vous avez vu tomber les plus illustres têtes ;
Et vous pourriez encor, insensés que vous êtes,
Ignorer le tribut que l'on doit à la mort ?
Non, non, tout doit franchir ce terrible passage :
Le riche et l'indigent, l'imprudent et le sage,
Sujets à même loi, subissent même sort.

D'avides étrangers, transportés d'allégresse,
Engloutissent déjà toute cette richesse,
Ces terres, ces palais de vos noms ennoblis.
Et que vous reste-t-il en ces momens suprêmes?
Un sépulcre funèbre, où vos noms, où vous-mêmes
Dans l'éternelle nuit serez ensevelis.

Les hommes, éblouis de leurs honneurs frivoles,
Et de leurs vains flatteurs écoutant les paroles,
Ont de ces vérités perdu le souvenir :
Pareils aux animaux farouches et stupides,
Les lois de leur instinct sont leurs uniques guides,
Et pour eux le présent paroît sans avenir.

Un précipice affreux devant eux se présente;
Mais toujours leur raison soumise et complaisante,
Au-devant de leurs yeux met un voile imposteur.
Sous leurs pas cependant s'ouvrent les noirs abîmes,
Où la cruelle mort, les prenant pour victimes,
Frappe ces vils troupeaux dont elle est le pasteur.

Là s'anéantiront ces titres magnifiques,
Ce pouvoir usurpé, ces ressorts politiques,
Dont le juste autrefois sentit le poids fatal :
Ce qui fit leur bonheur deviendra leur torture;
Et Dieu, de sa justice apaisant le murmure,
Livrera ces méchans au pouvoir infernal.

Justes, ne craignez point le vain pouvoir des hommes;
Quelque élevés qu'ils soient, ils sont ce que nous
        sommes.
Si vous êtes mortels, ils le sont comme vous.
Nous avons beau vanter nos grandeurs passagères,
Il faut mêler sa cendre aux cendres de ses pères;
Et c'est le même Dieu qui nous jugera tous.

ODE IV,

TIRÉE DU PSAUME XLIX.

Sur les dispositions que l'homme doit apporter à la prière.

Le Roi des cieux et de la terre
Descend au milieu des éclairs :
Sa voix, comme un bruyant tonnerre,
S'est fait entendre dans les airs.
Dieux mortels, c'est vous qu'il appelle :
Il tient la balance éternelle,
Qui doit peser tous les humains.
Dans ses yeux la flamme étincelle,
Et le glaive brille en ses mains.

Ministres de ses lois augustes,
Esprits divins qui le servez,
Assemblez la troupe des justes,
Que les œuvres ont éprouvés ;
Et de ces serviteurs utiles
Séparez les ames serviles,
Dont le zèle oisif en sa foi,
Par des holocaustes stériles
A cru satisfaire à la loi.

Allez, saintes intelligences,
Exécuter ses volontés :
Tandis qu'à servir ses vengeances
Les cieux et la terre invités,
Par des prodiges innombrables
Apprendront à ces misérables

SACRÉES.

Que le jour fatal est venu,
Qui fera connoître aux coupables
Le juge qu'ils ont méconnu.

Ecoutez ce juge sévère,
Hommes charnels, écoutez tous :
Quand je viendrai dans ma colère
Lancer mes jugemens sur vous,
Vous m'alléguerez les victimes
Que sur mes autels légitimes
Chaque jour vous sacrifiez :
Mais ne pensez pas que vos crimes
Par là puissent être expiés.

Que m'importent vos sacrifices,
Vos offrandes et vos troupeaux ?
Dieu boit-il le sang des génisses ?
Mange-t-il la chair des taureaux ?
Ignorez-vous que son empire
Embrasse tout ce qui respire
Et sur la terre et dans les mers ;
Et que son souffle seul inspire
L'ame à tout ce vaste univers ?

Offrez, à l'exemple des Anges,
A ce Dieu, votre unique appui,
Un sacrifice de louange,
Le seul qui soit digne de lui.
Chantez d'une voix ferme et sûre,
De cet auteur de la nature
Les bienfaits toujours renaissans :
Mais sachez qu'une main impure
Peut souiller le plus pur encens.

Il a dit à chaque homme profane :
Oses-tu, pécheur criminel,
D'un Dieu dont la loi te condamne,
Chanter le pouvoir éternel ?

Toi qui, courant à ta ruine,
Fus toujours sourd à ma doctrine;
Et malgré mes secours puissans,
Rejetant toute discipline,
N'as pris conseil que de tes sens.

Si tu voyois un adultère,
C'étoit lui que tu consultois,
Tu respirois le caractère
Du voleur que tu fréquentois.
Ta bouche abondoit en malice;
Et ton cœur pétri d'artifice,
Contre ton frère encouragé,
S'applaudissoit du précipice
Où ta fraude l'avoit plongé.

Contre une impiété si noire,
Mes foudres furent sans emploi;
Et voilà ce qui t'a fait croire
Que ton Dieu pensoit comme toi.
Mais apprends, homme détestable,
Que ma justice formidable
Ne se laisse point prévenir,
Et n'est pas moins redoutable
Pour être tardive à punir.

Pensez-y donc, ames grossières!
Commencez par régler vos mœurs.
Moins de faste dans vos prières,
Plus d'innocence dans vos cœurs.
Sans une ame légitimée
Par la pratique confirmée
De mes préceptes immortels,
Votre encens n'est qu'une fumée
Qui déshonore mes autels.

———————

ODE V,
TIRÉE DU PSAUME LXXII.

Inquiétude de l'Ame sur les voies de la
Providence.

QUE la simplicité d'une vertu paisible,
Est sûre d'être heureuse, en suivant le Seigneur !
Dessillez-vous, mes yeux, console-toi, mon cœur ;
Les voiles sont levés; sa conduite est visible
    Sur le juste et sur le pécheur.

Pardonne, Dieu puissant, pardonne à ma foiblesse :
A l'aspect des méchans, confus, épouvanté,
Le trouble m'a saisi, mes pas ont hésité :
Mon zèle m'a trahi, Seigneur, je le confesse,
    En voyant leur prospérité.

Cette mer d'abondance où leur ame se noie,
Ne craint ni les écueils, ni les vents rigoureux :
Ils ne partagent point nos fléaux douloureux :
Ils marchent sur les fleurs, ils nagent dans la joie ;
    Le sort n'ose changer pour eux.

Voilà donc d'où leur vient cette audace intrépide,
Qui n'a jamais connu craintes ni repentirs.
Enveloppés d'orgueil, engraissés de plaisirs,
Enivrés du bonheur, ils ne prennent pour guide,
    Que leurs plus insensés désirs.

Leur bouche ne vomit qu'injures et blasphêmes,
Et leur cœur ne nourrit que pensers vicieux :
Ils affrontent la terre, ils attaquent les cieux,
Et n'élèvent leur voix, que pour vanter eux-mêmes
    Leurs forfaits les plus odieux.

De là, je l'avouerai, naissoit ma défiance.
Si sur tous les mortels Dieu tient les yeux ouverts,
Comment, sans les punir, voit-il des cœurs pervers ?
Et s'il ne les voit point, comment peut sa science
     Embrasser tout cet univers ?

Tandis qu'un peuple entier les suit et les adore,
Prêt à sacrifier ses jours mêmes aux leurs ;
Accablé de mépris, consumé de douleurs,
Je n'ouvre plus mes yeux aux rayons de l'aurore,
     Que pour faire place à mes pleurs.

Ah ! c'est donc vainement qu'à ces ames parjures
J'ai toujours refusé l'encens que je te doi !
C'est donc en vain, Seigneur, que m'attachant à toi,
Je n'ai jamais lavé mes mains simples et pures
     Qu'avec ceux qui suivent ta loi !

C'étoit en ces discours que s'exhaloit ma plainte :
Mais, ô coupable erreur ! ô transports indiscrets !
Quand je parlois ainsi, j'ignorois tes secrets,
J'offensois tes élus, et je portois atteinte
     A l'équité de tes décrets.

Je croyois pénétrer tes jugemens augustes ;
Mais, grand Dieu, mes efforts ont toujours été vains,
Jusqu'à ce qu'éclairé du flambeau de tes Saints,
J'ai reconnu la fin qu'à ces hommes injustes
     Réservent tes puissantes mains.

J'ai vu que leurs honneurs, leur gloire, leur richesse,
Ne sont que des filets tendus à leur orgueil ;
Que le port n'est pour eux qu'un véritable écueil ;
Et que ces lieux pompeux où s'endort leur mollesse,
     Ne couvrent qu'un affreux cercueil.

Comment tant de grandeur s'est-elle évanouie ?
Qu'est devenu l'éclat de ce vaste appareil ?

Quoi! leur clarté s'éteint aux clartés du soleil?
Dans un sommeil profond ils ont passé leur vie,
    Et la mort a fait leur réveil.

Insensé que j'étois, de ne pas voir leur chute
Dans l'abus criminel de tes dons tout-puissans!
De ma foible raison j'écoutois les accens;
Et ma raison n'étoit que l'instinct d'une brute,
    Qui ne juge que par les sens.

Cependant, ô mon Dieu! soutenu de ta grace,
Conduit par ta lumière, appuyé sur ton bras,
J'ai conservé ma foi dans ces rudes combats:
Mes pieds ont chancelé; mais enfin de ta trace
    Je n'ai point écarté mes pas.

Puis-je assez exalter l'adorable clémence
Du Dieu qui m'a sauvé d'un si mortel danger?
Sa main contre moi-même a su me protéger;
Et son divin amour m'offre un bonheur immense,
    Pour un mal foible et passager.

Que me reste-t-il donc à chérir sur la terre,
Et qu'ai-je à désirer au céleste séjour?
La nuit qui me couvroit cède aux clartés du jour:
Mon esprit ni mes sens ne me font plus la guerre;
    Tout est absorbé par l'amour.

Car enfin, je le vois, le bras de sa justice,
Quoique lent à frapper, se tient toujours levé
Sur ces hommes charnels dont l'esprit dépravé
Ose à de faux objets offrir le sacrifice
    D'un cœur pour lui seul réservé.

Laissons-les s'abîmer sous leurs propres ruines.
Ne plaçons qu'en Dieu seul nos vœux et notre espoir.
Faisons-nous de l'aimer un éternel devoir;
Et publions partout les merveilles divines
    De son infaillible pouvoir.

Rec. de Poés. sac.   2

ODE VI,

TIRÉE DU PSAUME XC.

Que rien ne peut troubler la tranquillité de
ceux qui s'assurent en Dieu.

Celui qui mettra sa vie
Sous la garde du Très-Haut,
Repoussera de l'envie
Le plus dangereux assaut.
Il dira : Dieu redoutable,
C'est dans ta force indomptable
Que mon espoir est remis :
Mes jours sont ta propre cause ;
Et c'est toi seul que j'oppose
A mes jaloux ennemis.

Pour moi dans ce seul asile,
Par ses secours tout-puissans,
Je brave l'orgueil stérile
De mes rivaux frémissans.
En vain leur fureur m'assiége,
Sa justice rompt le piége
De ces chasseurs obstinés :
Elle confond leur adresse,
Et garantit ma foiblesse
De leurs dards empoisonnés.

O toi que ces cœurs féroces
Comblent de crainte et d'ennui :
Contre leurs complots atroces
Ne cherche point d'autre appui.

Que la vérité propice
Soit contre leur artifice
Ton plus invincible mur.
Que son aile tutélaire
Contre leur âpre colère
Soit ton rempart le plus sûr.

Ainsi, méprisant l'atteinte
De leurs traits les plus perçans,
Du froid poison de la crainte,
Tu verras tes jours exempts :
Soit que le jour sur la terre
Vienne éclairer de la guerre
Les implacables fureurs ;
Ou soit que la nuit obscure
Répande dans la nature
Ses ténébreuses horreurs,

Quels effroyables abîmes
S'entrouvrent autour de moi !
Quel déluge de victimes
S'offre à mes yeux pleins d'effroi !
Quelle épouvantable image
De morts , de sang, de carnage ,
Frappe mes regards tremblans !
Et quels glaives invisibles
Percent de coups si terribles
Des corps pâles et sanglans !

Mon cœur, sois en assurance ;
Dieu se souvient de ta foi ;
Les fléaux de sa vengeance
N'approcheront pas de toi.
Le juste est invulnérable :
De son bonheur immuable

Les Anges sont les garans;
Et toujours leurs mains propices
A travers les précipices
Conduisent ses pas errans.

Dans les routes ambiguës
Du bois le moins fréquenté,
Parmi les ronces aiguës,
Il chemine en liberté.
Nul obstacle ne l'arrête:
Ses pieds écrasent la tête
Du dragon et de l'aspic :
Il affronte avec courage
La dent du lion sauvage,
Et les yeux du basilic.

Si quelques vaines foiblesses
Troublent ses jours triomphans ,
Il se souvient des promesses
Que Dieu fait à ses enfans.
A celui qui m'est fidelle,
Dit la sagesse éternelle ,
J'assurerai mes secours :
Je raffermirai sa voie,
Et, dans des torrens de joie,
Je ferai couler ses jours.

Dans ses fortunes diverses
Je viendrai toujours à lui ;
Je serai dans ses traverses
Son inséparable appui :
Je le comblerai d'années
Paisibles et fortunées.
Je bénirai ses desseins :
Il vivra dans ma mémoire,
Et partagera la gloire
Que je réserve à mes Saints.

ODE VII,

TIRÉE DU PSAUME XCIII.

Que la Justice divine est présente à toutes nos actions.

Paroissez, Roi des rois, venez, juge suprême,
Faire éclater votre courroux
Contre l'orgueil et le blasphême
De l'impie armé contre vous.
Le Dieu de l'univers est le Dieu des vengeances :
Le pouvoir et le droit de punir les offenses,
N'appartient qu'à ce Dieu jaloux.

Jusques à quand, Seigneur, souffrirez-vous l'ivresse
De ces superbes criminels,
De qui la malice transgresse
Vos ordres les plus solennels,
Et dont l'impiété barbare et tyrannique
Au crime ajoute encor le mépris ironique
De vos préceptes éternels ?

Ils ont sur votre peuple exercé leur furie,
Ils n'ont pensé qu'à l'affliger.
Ils ont semé, dans leur patrie,
L'horreur, le trouble et le danger.
Ils ont de l'orphelin envahi l'héritage,
Et leur main sanguinaire a déployé sa rage
Sur la veuve et sur l'étranger.

Ne songeons, ont-ils dit, quelque prix qu'il en coûte,
Qu'à nous ménager d'heureux jours;
Du haut de la céleste voûte,
Dieu n'entendra pas nos discours.

2*

Nos offenses par lui ne seront point punies :
Il ne les verra point ; et de nos tyrannies
      Il n'arrêtera pas le cours.

Quel charme vous séduit ! quel démon vous conseille,
     Hommes imbécilles et foux !
      Celui qui forma votre oreille,
      Sera sans oreille pour vous !
Celui qui fit vos yeux ne verra point vos crimes !
Et celui qui punit les rois les plus sublimes,
      Pour vous seuls retiendra ses coups !

Il voit, n'en doutez plus, il entend toute chose ;
      Il lit jusqu'au fond de vos cœurs.
      L'artifice en vain se propose
      D'éluder ses arrêts vengeurs :
Rien n'échappe aux regards de ce juge sévère.
Le repentir lui seul peut calmer sa colère,
      Et fléchir ses justes rigueurs.

Ouvrez, ouvrez les yeux et laissez-vous conduire
      Aux divins rayons de sa foi.
      Heureux celui qu'il daigne instruire
      Dans la science de sa loi !
C'est l'asile du juste ; et la simple innocence
Y trouve son repos, tandis que la licence
      N'y trouve qu'un séjour d'effroi.

Qui me garantira des assauts de l'envie ?
      Sa fureur n'a pu s'attendrir :
      Si vous n'aviez sauvé ma vie,
      Grand Dieu, j'étois près de périr.
Je vous ai dit : Seigneur, ma mort est infaillible,
Je succombe. Aussitôt votre bras invincible
      S'est armé pour me secourir.

Non, non, c'est vainement qu'une main sacrilége
      Contre moi décoche ses traits ;

Votre trône n'est point un siége
Souillé par d'injustes décrets.
Vous ne ressemblez point à ces rois implacables
Qui ne font exercer leurs lois impraticables
    Que pour accabler leurs sujets.

Toujours à vos élus l'envieuse malice
    Tendra ses filets captieux :
    Mais toujours votre loi propice
    Confondra les audacieux.
Vous anéantirez ceux qui nous font la guerre ;
Et si l'impiété nous juge sur la terre,
    Vous la jugerez dans les cieux.

ODE VIII,

TIRÉE DU PSAUME XCVI,

et appliquée au Jugement dernier.

Misère des Réprouvés. Félicité des Élus.

PEUPLES, élevez vos concerts,
Poussez des cris de joie et des chants de victoire :
    Voici le Roi de l'univers,
Qui vient faire éclater son triomphe et sa gloire.

    La justice et la vérité
Servent de fondement à son trône terrible :
    Une profonde obscurité
Aux regards des humains le rend inaccessible.

    Les éclairs, les feux dévorans
Font luire devant lui leur flamme étincelante.
    Et ses ennemis expirans
Tombent de toutes parts sous la foudre brûlante.

Pleine d'horreur et de respect,
La terre a tressailli sous ses voûtes brisées :
Les monts fondus à son aspect
S'écoulent dans le sein des ondes embrasées.

De ses jugemens redoutés
La trompette céleste a porté le message,
Et dans les airs épouvantés
En ces terribles mots sa voix s'ouvre un passage :

Soyez à jamais confondus,
Adorateurs impurs de profanes idoles ;
Vous qui, par des vœux défendus,
Invoquez de vos mains les ouvrages frivoles.

Ministres de mes volontés,
Anges, servez contre eux ma fureur vengeresse.
Vous, mortels, que j'ai rachetés,
Redoublez à ma voix vos concerts d'allégresse.

C'est moi qui du plus haut des cieux,
Du monde que j'ai fait, règle les destinées :
C'est moi qui brise ses faux dieux,
Misérables jouets des vents et des années.

Par ma présence raffermis,
Méprisez du méchant la haine et l'artifice :
L'ennemi de vos ennemis
A détourné sur eux les traits de leur malice.

Conduits par mes vives clartés,
Vous n'avez écouté que mes lois adorables :
Jouissez des félicités
Qu'ont mérité pour vous mes bontés secourables.

Venez donc, venez en ce jour
Signaler de vos cœurs l'humble reconnoissance :
Et par un respect plein d'amour,
Sanctifiez en moi votre réjouissance.

ODE IX,

TIRÉE DU PSAUME CXIX.

Contre les Calomniateurs.

Dans ces jours destinés aux larmes,
Où mes ennemis en fureur
Aiguisoient contre moi les armes
De l'imposture et de l'erreur :
Lorsqu'une coupable licence
Empoisonnoit mon innocence,
Le Seigneur fut mon seul recours :
J'implorai sa toute-puissance,
Et sa main vint à mon secours.

O Dieu, qui punis les outrages
Que reçoit l'humble vérité,
Venge-toi, détruis les ouvrages
De ces lèvres d'iniquité ;
Et confonds cet homme parjure
Dont la bouche non moins impure
Publie avec légèreté
Les mensonges que l'imposture
Invente avec malignité.

Quel rempart, quelle autre barrière
Pourra défendre l'innocent
Contre la fraude meurtrière
De l'impie adroit et puissant ?
Sa langue aux feintes préparée
Ressemble à la flèche acérée
Qui part et frappe en un moment.

C'est un feu léger dès l'entrée,
Que suit un long embrasement.

Hélas! dans quel climat sauvage
Ai-je si long-temps habité!
Quel exil! quel affreux rivage!
Quels asiles d'impiété!
Cédar, où la fourbe et l'envie
Contre ma vertu poursuivie
Se déchaînèrent si long-temps,
A quels maux ont livré ma vie
Tes sacriléges habitans.

J'ignorois la trame invisible
De leurs pernicieux forfaits.
Je vivois tranquille et paisible
Chez les ennemis de la paix.
Et lorsqu'exempt d'inquiétude,
Je faisois mon unique étude
De ce qui pouvoit les flatter,
Leur détestable ingratitude
S'armoit pour me persécuter.

ODE X,

TIRÉE DU PSAUME CXLIII.

Image du bonheur temporel des méchans.

Béni soit le Dieu des armées
Qui donne la force à mon bras,
Et par qui mes mains sont formées
Dans l'art pénible des combats.

De sa clémence inépuisable
Le secours prompt et favorable
A fini mes oppressions :
En lui j'ai trouvé mon asile,
Et par lui d'un peuple indocile,
J'ai dissipé les factions.

Qui suis-je, vile créature !
Qui suis-je, Seigneur, et pourquoi
Le souverain de la nature
S'abaisse-t-il jusques à moi ?
L'homme en sa course passagère
N'est rien qu'une vapeur légère
Que le soleil fait dissiper :
Sa clarté n'est qu'une nuit sombre ;
Et ses jours passent comme une ombre
Que l''œil suit, et voit échapper.

Mais quoi ! les périls qui m'obsèdent
Ne sont point encore passés :
De nouveaux ennemis succèdent
A mes ennemis terrassés.
Grand Dieu ! c'est toi que je réclame :
Lève ton bras, lance ta flamme,
Abaisse la hauteur des cieux ;
Et viens sur leur voûte enflammée,
D'une main de foudres armée,
Frapper ces monts audacieux.

Objet de mes humbles cantiques,
Seigneur, je t'adresse ma voix ;
Toi, dont les promesses antiques,
Furent toujours l'espoir des rois ;
Toi, de qui les secours propices,
A travers tant de précipices
M'ont toujours garanti d'effroi :

Conserve aujourd'hui ton ouvrage,
Et daigne détourner l'orage
Qui s'apprête à fondre sur moi.

Arrête cet affreux déluge,
Dont les flots vont me submerger.
Sois mon vengeur, sois mon refuge
Contre le fils de l'étranger.
Venge-toi d'un peuple infidelle,
De qui la bouche criminelle
Ne s'ouvre qu'à l'impiété,
Et dont la main vouée au crime,
Ne connoît rien de légitime
Que le meurtre et l'iniquité.

Ces hommes qui n'ont point encore
Eprouvé la main du Seigneur,
Se flattent que Dieu les ignore,
Et s'enivrent de leur bonheur.
Leur postérité florissante,
Ainsi qu'une tige naissante,
Croit et s'élève sous leurs yeux :
Leurs filles couronnent leurs têtes
De tout ce qu'en nos jours de fêtes
Nous portons de plus précieux.

De leurs grains les granges sont pleines ;
Leurs celliers regorgent de fruits :
Leurs troupeaux tout chargés de laines
Sont incessamment réproduits :
Pour eux la fertile rosée
Tombant sur la terre embrasée,
Rafraîchit son sein altéré :
Et pour eux le flambeau du monde
Nourrit d'une chaleur féconde
Le germe en ses flancs resserré.

Le calme règne dans leurs villes,
Nul bruit n'interrompt leur sommeil :
On ne voit point leurs toits fragiles
Ouverts aux rayons du soleil.
C'est ainsi qu'ils passent leur âge.
Heureux, disent-ils, le rivage
Où l'on jouit d'un tel bonheur !
Qu'ils restent dans leur rêverie.
Heureuse la seule patrie
Où l'on adore le Seigneur !

ODE XI,

TIRÉE DU PSAUME CXLV.

Foiblesse des hommes. Grandeur de Dieu.

Mon ame, louez le Seigneur :
Rendez un légitime honneur
A l'objet éternel de vos justes louanges.
Oui, mon Dieu, je veux désormais
Partager la gloire des Anges,
Et consacrer ma vie à chanter vos bienfaits.

Renonçons au stérile appui
Des grands qu'on implore aujourd'hui ;
Ne fondons point sur eux une espérance folle.
Leur pompe, indigne de nos vœux,
N'est qu'un simulacre frivole,
Et les solides biens ne dépendent pas d'eux.

Comme nous, esclaves du sort,
Comme nous, jouets de la mort,

Rec. de Poés. sac.   3

La terre engloutira leurs grandeurs insensées;
   Et périront en même jour
   Ces vastes et hautes pensées
Qu'adorent maintenant ceux qui leur font la cour.

   Dieu seul doit faire notre espoir;
   Dieu, de qui l'immortel pouvoir
Fit sortir du néant le ciel, la terre et l'onde;
   Et qui, tranquille au haut des airs,
   Anima d'une voix féconde
Tous les êtres semés dans ce vaste univers.

   Heureux, qui du ciel occupé,
   Et d'un faux éclat détrompé,
Met de bonne heure en lui toute son espérance!
   Il protége la vérité,
   Et saura prendre la défense
Du juste que l'impie aura persécuté.

   C'est le Seigneur qui nous nourrit;
   C'est le Seigneur qui nous guérit:
Il prévient nos besoins, il adoucit nos goûts:
   Il assure nos pas craintifs:
   Il délie, il brise nos chaînes;
Et nos tyrans par lui deviennent nos captifs.

   Il offre au timide étranger
   Un bras prompt à le protéger,
Et l'orphelin en lui retrouve un second père:
   De la veuve il devient l'époux,
   Et, par un châtiment sévère,
Il confond les pécheurs conjurés contre nous.

   Les jours des rois sont dans sa main:
   Leur règne est un règne incertain,

Dont le doigt du Seigneur a marqué les limites ;
  Mais de son règne illimité
  Les bornes ne seront prescrites
Ni par la fin des temps, ni par l'éternité.

ODE XII,

TIRÉE DU CANTIQUE D'ÉZÉCHIAS,
Isaïe, chap. 38.

Pour une Personne convalescente.

J'AI vu mes tristes journées
Décliner vers leur penchant :
Au midi de mes années,
Je touchois à mon couchant.
La mort, déployant ses ailes,
Couvroit d'ombres éternelles
La clarté dont je jouis ;
Et, dans cette nuit funeste,
Je cherchois en vain le reste
De mes jours évanouis.

Grand Dieu ! votre main réclame
Les dons que j'en ai reçus :
Elle vient couper la trame
Des jours qu'elle ma tissus.
Mon dernier soleil se lève,
Et votre souffle m'enlève
De la terre des vivans,
Comme la feuille séchée,
Qui de sa tige arrachée
Devient le jouet des vents.

Comme un tigre impitoyable,
Le mal a brisé mes os;
Et sa rage insatiable
Ne me laisse aucun repos.
Victime foible et tremblante,
A cette image sanglante
Je soupire nuit et jour;
Et, dans ma crainte mortelle,
Je suis comme l'hirondelle
Sous les griffes du vautour.

Ainsi, de cris et d'alarmes,
Mon mal sembloit se nourrir;
Et mes yeux noyés de larmes
Etoient lassés de s'ouvrir.
Je disois à la nuit sombre :
O nuit, tu vas dans ton ombre
M'ensevelir pour toujours !
Je redisois à l'aurore :
Le jour que tu fais éclore
Est le dernier de mes jours.

Mon ame est dans les ténèbres,
Mes sens sont glacés d'effroi.
Ecoutez mes cris funèbres,
Dieu juste, répondez-moi.
Mais enfin sa main propice
A comblé le précipice
Qui s'entr'ouvroit sous mes pas :
Son secours me fortifie,
Et me fait trouver la vie
Dans les horreurs du trépas.

Seigneur, il faut que la terre
Connoisse en moi vos bienfaits :

Vous ne m'avez fait la guerre
Que pour me donner la paix.
Heureux l'homme à qui la grace
Départ ce don efficace
Puisé dans ses saints trésors;
Et qui, rallumant sa flamme,
Trouve la santé de l'ame
Dans les souffrances du corps!

C'est pour sauver la mémoire
De vos immortels secours,
C'est pour vous, pour votre gloire,
Que vous prolongez nos jours.
Non, non, vos bontés sacrées
Ne seront point célébrées
Dans l'horreur des monumens :
La mort aveugle et muette
Ne sera point l'interprète
De vos saints commandemens.

Mais ceux qui de sa menace,
Comme moi, sont rachetés,
Annonceront à leur race
Vos célestes vérités.
J'irai, Seigneur, dans vos temples,
Réchauffer, par mes exemples,
Les mortels les plus glacés,
Et, vous offrant mon hommage,
Leur montrer l'unique usage
Des jours que vous leur laissez.

ÉPODE

TIRÉE PRINCIPALEMENT

DES LIVRES DE SALOMON.

Ire. PARTIE.

Vains mortels, que du monde endort la folle
  ivresse,
Ecoutez, il est temps, la voix de la sagesse.
Heureux, et seul heureux qui s'attache au Seigneur !
Pour trouver le repos, le bonheur et la joie,
Il n'est qu'un seul chemin : c'est de suivre sa voie
  Dans la simplicité du cœur.

Le temps fuit, dites-vous, c'est lui qui nous convie
A saisir promptement les douceurs de la vie :
L'avenir est douteux, le présent est certain :
Dans la rapidité d'une course bornée
Sommes-nous assez sûrs de notre destinée
  Pour la remettre au lendemain ?

Notre esprit n'est qu'un souffle, une ombre passagère,
Et le corps qu'il anime, une cendre légère,
Dont la mort chaque jour prouve l'infirmité :
Etouffés tôt ou tard dans ses bras invincibles,
Nous serons tous alors, cadavres insensibles,
  Comme n'ayant jamais été.

Songeons donc à jouir de nos belles années :
Les roses d'aujourd'hui demain seront fanées.

Des biens de l'étranger cimentons nos plaisirs;
Et du riche orphelin persécutant l'enfance,
Contentons, aux dépens du vieillard sans défense,
    Nos insatiables désirs.

Guéris de tout remords contraire à nos maximes,
Nous ne connoîtrons plus ni d'excès ni de crimes :
De tout scrupule vain nous bannirons l'effroi.
Soutenus de puissance, assistés d'artifice,
Notre seul intérêt fera notre justice,
    Et notre force, notre loi.

Assiégeons l'innocent, qu'il tremble à notre ap-
    proche;
Ses regards sont pour nous un éternel reproche.
De sa foiblesse même il se fait un appui;
Il traite nos succès de fureur tyrannique :
Dieu, dit-il, est son père, et pour refuge unique
    Il ne veut connoître que lui.

Voyons s'il est vraiment celui qu'il se dit être :
S'il est fils de ce Dieu, comme il le veut paroître,
Au secours de son fils ce Dieu doit accourir.
Essayons-en l'effet, consommons notre ouvrage,
Et sachons quelles mains au bord de son naufrage
    Pourront l'empêcher de périr.

Ce sont-là les discours, ce sont-là les pensées
De ces ames de chair, victimes insensées
De l'ange séducteur qui leur donna la mort.
Qu'ils combattent sous lui, qu'ils suivent son
    exemple;
Et qu'à lui seul voués, le zèle de son temple
    Soit l'espoir de leur dernier sort.

II.

Cependant les ames qu'excite
Le ciel à pratiquer sa loi,
Verront triompher le mérite
De leur constance et de leur foi.
Dans le sein d'un Dieu favorable,
Un bonheur à jamais durable
Sera le prix de leurs combats;
Et de la mort inexorable
Le fer ensanglanté ne les touchera pas.

Dieu, comme l'or dans la fournaise,
Les éprouva dans les ennuis;
Mais leur patience l'apaise,
Les jours viennent après les nuits.
Il a supputé les années
De ceux dont les mains acharnées
Nous ont si long-temps affligés.
Il règle enfin nos destinées,
Et nos juges par lui sont eux-mêmes jugés.

Justes, qui fîtes ma conquête
Par vos larmes et vos travaux,
Il est temps, dit-il, que j'arrête
L'insolence de vos rivaux.
Parmi les célestes milices
Venez prendre part aux délices
De mes combattans épurés,
Tandis qu'aux éternels supplices
Des soldats du démon les jours seront livrés.

Assez la superbe licence
Arma leur lâche impiété:
Assez j'ai vu votre innocence
En proie à leur férocité;

Vengeons notre propre querelle :
Couvrons cette troupe rebelle
D'horreur et de confusion ;
Et que la gloire du fidelle
Consomme le malheur de la rebellion.

Et vous à qui ma voix divine
Dicte ses ordres absolus,
Anges, c'est vous que je destine
Au service de mes élus.
Allez, et dissipant la nue,
Qui malgré leur foi reconnue
Me dérobe à leurs yeux amis,
Faites-les jouir dans ma vue
Des biens illimités que je leur ai promis.

Voici, voici le jour propice
Où le Dieu pour qui j'ai souffert,
Va me tirer du précipice
Que le démon m'avoit ouvert.
De l'imposture et de l'envie
Contre ma vertu poursuivie
Les traits ne seront plus lancés ;
Et les soins mortels de ma vie
De l'immortalité seront récompensés.

Loin de cette terre funeste
Transporté sur l'aile des vents,
La main d'un ministre céleste
M'ouvre la terre des vivans.
Près des Saints j'y prendrai ma place,
J'y ressentirai de la grace
L'intarissable écoulement ;
Et voyant mon Dieu face à face,
L'Eternité pour moi ne sera qu'un moment.

Qui m'affranchira de l'empire
Du monde où je suis enchaîné ?
De la délivrance où j'aspire
Quand viendra le jour fortuné ?
Quand pourrai-je, rompant les charmes
Où ce triste vallon de larmes
De ma vie endort les instans,
Trouver la fin de mes alarmes,
Et le commencement du bonheur que j'attends ?

Quand pourrai-je dire à l'impie :
Tremble, lâche, frémis d'effroi ?
De ton Dieu la haine assoupie
Est prête à s'éveiller sur toi.
Dans la criminelle carrière
Tu ne mis jamais de barrière
Entre sa crainte et tes fureurs :
Puisse mon heureuse prière
D'un châtiment trop dû t'épargner les horreurs !

Puisse en moi la ferveur extrême
D'une sainte compassion
Des offenseurs du Dieu que j'aime
Opérer la conversion !
De ses vengeances redoutables
Puissent mes ardeurs véritables
Adoucir la sévère loi,
Et pour mes ennemis coupables
Obtenir le pardon que j'en obtins pour moi !

Seigneur, ta puissance invincible
N'a rien d'égal que ta bonté ;
Le miracle le moins possible
N'est qu'un jeu de ta volonté.

Tu peux de ta lumière auguste
Eclairer les yeux de l'injuste ,
Rendre saint un cœur dépravé ;
En cèdre transformer l'arbuste ,
Et faire un vase élu d'un vase réprouvé.

Grand Dieu ! daigne sur ton esclave
Jeter un regard paternel :
Confonds le crime qui te brave ;
Mais épargne le criminel.
Et s'il te faut un sacrifice,
Si de ta suprême justice
L'honneur doit être réparé,
Venge-toi seulement du vice ,
En le chassant des cœurs dont il s'est emparé.

C'est alors que de ma victoire
J'obtiendrai les fruits les plus doux ,
En chantant avec eux la gloire
Du Dieu qui nous a sauvés tous ;
Agréable et sainte harmonie !
Pour moi quelle joie infinie !
Quelle joie de voir un jour
Leur troupe avec moi réunie
Dans les mêmes concerts et dans le même amour !

Pendant qu'ils vivent sur la terre,
Prépare du moins leur fierté,
Par la crainte de ton tonnerre ,
A ce bien pour eux souhaité ;
Et les retirant des abîmes
Où, dans des nœuds illégitimes,
Languit leur courage abattu ,
Fais que l'image de leurs crimes
Introduise en leurs cœurs celle de la vertu.

III.

Tel après le long orage
Dont un fleuve débordé
A désolé le rivage
Par sa colère inondé,
L'effort des vagues profondes
Engloutissoit dans les ondes
Bergers, cabanes, troupeaux;
Et submergeant les campagnes,
Sur le sommet des montagnes
Faisoit flotter les vaisseaux.

Mais la planète brillante
Qui perce tout de ses traits,
Dans la nature tremblante
A déjà remis la paix.
L'onde en son lit écoulée
A la terre consolée
Rend ses premières couleurs;
Et, d'une fraicheur utile,
Pénétrant son sein fertile,
En augmente les chaleurs.

Tel sera dans leurs pensées
Germer un amour constant,
De leurs offenses passées
Le souvenir pénitent.
Ils diront : Dieu des fidelles,
Dans nos ténèbres mortelles
Tu nous as fait voir le jour :
Eternise dans nos ames
Ces sacrés torrens de flammes,
Source du divin amour.

Ton souffle qui sut produire
L'ame pour l'éternité,
Peut faire en elle reluire
Sa première pureté.
De rien tu créas le monde ;
D'un mot de ta voix féconde
Naquit ce vaste univers.
Tu parlas : il reçut l'être ;
Parle : un instant verra naître
Cent autres mondes divers.

Tu donnes à la matière
L'ame et la légèreté :
Tu fais naître la lumière
Du sein de l'obscurité.
Sans toi la science humaine
N'est qu'ignorance hautaine,
Trouble et frivole entretien.
En toi seul, cause des causes,
Seigneur, je vois toutes choses,
Hors de toi je ne vois rien.

A quoi vous sert tant d'étude,
Qu'à nourrir le fol orgueil
Où votre béatitude
Trouva son premier écueil ?
Grands hommes, sages célèbres,
Vos éclairs dans les ténèbres
Ne font que vous égarer.
Dieu seul connoît ses ouvrages ;
L'homme, entouré de nuages,
N'est fait que pour l'honorer.

Curiosité funeste,
C'est ton attrait criminel,
Qui du royaume céleste
Chassa le premier mortel.

Rec. de Poés. sac.   4

Non content de son essence,
Et d'avoir en sa puissance
Tout ce qu'il pouvoit avoir,
L'ingrat voulut, Dieu lui-même,
Partager du Dieu suprême
La science et le pouvoir.

A ces hautes espérances
Du changement de son sort,
Succédèrent les souffrances,
L'aveuglement et la mort;
Et, pour fermer tout asile
A son esprit indocile,
Bientôt l'Ange dans les airs,
Sentinelle vigilante,
De l'épée étincelante
Fit reluire les éclairs.

IV.

Mais de cet homme exclu de son premier partage,
La gloire est réservée à de plus hauts destins,
Quand son Sauveur viendra d'un nouvel héritage
Lui frayer les chemins.

Dieu pour lui s'unissant à la nature humaine,
Et partageant sa chair et ses infirmités,
Se chargera pour lui du poids et de la peine
De ses iniquités.

Ce Dieu médiateur, Fils, image du Père,
Le Verbe descendu de son trône éternel,
Des flancs immaculés d'une mortelle Mère
Voudra naître mortel.

Pécheur, tu trouveras en lui ta délivrance;
Et sa main te fermant les portes de l'enfer,
Te fera perdre alors de ta juste souffrance
Le souvenir amer.

Eve règne à son tour, du dragon triomphante ;
L'esclave de la mort produit son Rédempteur ;
Et, fille du Très-Haut, la créature enfante
    Son propre Créateur.

O Vierge ! qui du ciel assure la conquête,
Sacré gage des dons que sur terre il répand,
Tes pieds victorieux écraseront la tête
    De l'horrible serpent.

Les Saints après ta mort t'ouvriront leurs demeures,
Nouvel astre du jour pour le ciel se levant.
Que dis-je, après la mort ? Se peut il que tu meures,
    Mère du Dieu vivant ?

Non, tu ne mourras point. Les régions sublimes
Vivante t'admettront dans ton auguste rang ,
Et telle qu'au grand jour où, pour laver nos crimes,
    Ton Fils versa son sang.

Dans ce séjour de gloire où les divines flammes
Font d'illustres élus de tous ses citoyens ,
Daigne prier ce Fils qu'il délivre nos ames
    Des terrestres liens.

Obtiens de sa pitié, protectrice immortelle,
Qu'il renouvelle en nous les larmes, les sanglots
De ce Roi pénitent, dont la douleur fidelle
    S'exhaloit en ces mots :

O Monarque éternel ! Seigneur, Dieu de nos pères !
Dieu des cieux , de la terre et de tout l'univers !
Vous dont la voix soumet à ses ordres sévères
    Et les vents et les mers.

Tout respecte, tout craint votre majesté sainte :
Vos lois règnent partout, rien n'ose les trahir.
Moi seul j'ai pu, Seigneur, résister à la crainte
    De vous désobéir.

J'ai péché : j'ai suivi la lueur vaine et sombre
Des charmes séduisans du monde et de la chair ;
Et mes nombreux forfaits ont surpassé le nombre
    Des sables de la mer.

Mais enfin votre amour, à qui tout amour cède,
Surpasse encor l'excès des désordres humains :
Où le délit abonde, abonde le remède ;
    Je l'attends de vos mains.

Quelle que soit, Seigneur, la chaîne déplorable
Où depuis si long-temps je languis arrêté,
Quel espoir ne doit point inspirer au coupable
    Votre immense bonté !

Au bonheur de ses Saints elle n'est pas bornée :
Si vous êtes le Dieu de vos heureux amis,
Vous ne l'êtes pas moins de l'ame infortunée,
    Et des pécheurs soumis.

Vierge ! flambeau du ciel, dont les démons farouches
Craignent la sainte flamme et les rayons vainqueurs,
De ces humbles accens fais retentir nos bouches,
    Grave-les dans nos cœurs ;

Afin qu'aux légions à ton Dieu consacrées,
Nous puissions, réunis sous ton puissant appui,
Lui présenter un jour, victimes épurées,
    Des vœux dignes de lui.

CANTIQUE

TIRÉ DU PSAUME XLVII.

LA gloire du Seigneur, sa grandeur immortelle,
De l'univers entier doit occuper le zèle :
Mais sur tous les humains qui vivent sous ses loix,
Le peuple de Sion doit signaler sa voix.

Sion, montagne auguste et sainte,
Formidable aux audacieux ;
Sion, séjour délicieux,
C'est toi, c'est ton heureuse enceinte,
Qui renferme le Dieu de la terre et des cieux.

O murs, ô séjour plein de gloire !
Mont sacré, notre unique espoir,
Où Dieu fait régner la victoire,
Et manifeste son pouvoir.

Cent rois ligués pour nous livrer la guerre,
Étoient venus sur nous fondre de toutes parts :
Ils ont vu nos sacrés remparts ;
Leur aspect foudroyant, tel qu'un affreux tonnerre,
Les a précipités au centre de la terre.

Le Seigneur dans leurs camps a semé la terreur :
Il parle, et nous voyons leurs trônes mis en poudre,
Leurs chefs aveuglés par l'erreur,
Leurs soldats consternés d'horreur,
Leurs vaisseaux submergés, et brisés par la foudre,
Monumens éternels de sa juste fureur.

Rien ne sauroit troubler les lois inviolables
Qui fondent le bonheur de ta sainte cité,
   Seigneur, toi-même en as jeté
    Les fondemens inébranlables.

Au pied de tes autels humblement prosternés,
Nos vœux par ta clémence ont été couronnés.
  Des lieux chéris où le jour prend naissance,
  Jusqu'aux climats où finit sa splendeur,
  Tout l'univers révère ta puissance,
  Tous les mortels adorent ta grandeur.

Publions les bienfaits, célébrons la justice
   Du souverain de l'univers.
Que le bruit de nos chants vole au-delà des mers :
   Qu'avec nous la terre s'unisse :
   Que nos voix pénètrent les airs ;
Elevons jusqu'à lui nos cœurs et nos concerts.

Vous, filles de Sion, florissante jeunesse,
   Joignez-vous à nos chants sacrés :
  Formez des pas et des sons d'allégresse
   Autour de ces murs révérés.
  Venez offrir des vœux pleins de tendresse
   Au Seigneur que vous adorez.

Peuple de qui l'appui sur sa bonté se fonde,
   Allez dans tous les coins du monde
A son nom glorieux élever des autels.
Les siècles à venir béniront votre zèle ;
   Et de ses bienfaits immortels
L'Eternel comblera votre race fidèle.

Marquons-lui notre amour par des vœux éclatans.
   C'est notre Dieu, c'est notre père,
   C'est le roi que Sion révère.
De son règne éternel les glorieux instans
Dureront au-delà des siècles et des temps.

ODES CHOISIES

DE

LEFRANC DE POMPIGNAN.

ODE I,

TIRÉE DU PSAUME LXVII.

Dıᴇᴜ se lève : tombez, roi, temple, autel, idole.
Au feu de ses regards, au son de sa parole
      Les Philistins ont fui.
Tel le vent dans les airs chasse au loin la fumée,
Tel un brasier ardent voit la cire enflammée
      Bouillonner devant lui.

    Chantez vos saintes conquêtes,
    Israël, dans vos festins ;
    Offrez d'innocentes fêtes
    A l'auteur de vos destins.
    Jonchez de fleurs son passage ;
    Votre gloire est son ouvrage,
    Et le Seigneur est son nom :
    Son bras venge vos alarmes
    Dans le sang et dans les larmes
    Des familles d'Ascalon.

Ils n'ont pu soutenir sa face étincelante ;
Du timide orphelin, de la veuve tremblante

Il protége les droits.
Du fond du sanctuaire il nous parle à toute heure;
Il aime à rassembler dans la même demeure
    Ceux qui suivent ses lois.

    Touché du remords sincère,
    Il rompt les fers redoutés
    Qu'il forge dans sa colère
    Pour ses enfans révoltés.
    Il délivre ces rebelles
    Qui chez les rois infidèles
    Mouroient noyés dans les pleurs,
    Ou traînoient leur vie affreuse
    Dans la prison ténébreuse
    De leurs barbares vainqueurs.

Souverain d'Israël, Dieu vengeur, Dieu suprême,
Loin des rives du Nil tu conduisois toi-même
    Nos aïeux effrayés.
Parmi les eaux du ciel, les éclairs et la foudre,
Le mont de Sinaï, prêt à tomber en poudre,
    Chancela sous tes pieds.

    De l'humide sein des nues
    Le pain que tu fis pleuvoir
    A nos tribus épordues
    Rendit la vie et l'espoir.
    Tu veilles sur ma patrie
    Comme sur sa bergerie
    Veille un pasteur diligent;
    Et ta divine puissance
    Répand avec abondance
    Ses bienfaits sur l'indigent.

Sur l'abîme des flots, sur l'aile des tempêtes,
Tes ministres sacrés étendent leurs conquêtes

Aux lieux les plus lointains.
Ton peuple bien-aimé vaincra toute la terre,
Et le sceptre des rois que détrône la guerre
    Passera dans ses mains.

    Ses moindres efforts terrassent
    Ses ennemis furieux;
    Des périls qui le menacent
    Il sort toujours glorieux.
    Roi de la terre et de l'onde,
    Il éblouira le monde
    De sa nouvelle splendeur.
    Ainsi, du haut des montagnes,
    La neige dans les campagnes
    Répand sa vive blancheur.

O monts délicieux! ô fertile héritage!
Lieux chéris du Seigneur, vous êtes l'heureux gage
    De son fidèle amour.
Demeure des faux dieux, montagnes étrangères,
Vous n'êtes point l'asile où le Dieu de nos pères
    A fixé son séjour.

    Sion, quelle auguste fête!
    Quels transports vont éclater!
    Jusqu'à ton superbe faîte
    Le char de Dieu va monter.
    Il marche au milieu des Anges
    Qui célèbrent ses louanges
    Pénétrés d'un saint effroi.
    Sa gloire fut moins brillante
    Sur la montagne brûlante
    Où sa main grava sa loi.

Seigneur, tu veux régner au sein de nos provinces,
Tu reviens entouré de peuples et de princes,

Chargés de fers pesans :
L'idolâtre a frémi quand il t'a vu paroître ;
Et quoiqu'il n'ose encor t'avouer pour son maître,
Il t'offre des présens.

Ce Dieu si grand, si terrible,
A nos voix daigne accourir ;
Sa bonté, toujours visible,
Se plaît à nous secourir.
Prodigue de récompenses,
Malgré toutes nos offenses,
Il est lent dans sa fureur :
Mais les carreaux qu'il apprête,
Tôt ou tard brisent la tête
De l'impie et du pécheur.

Dieu m'a dit : De Bazan pourquoi crains-tu les piéges ?
La mer engloutira les tyrans sacriléges
Dans son horrible flanc.
Tu fouleras aux pieds leurs veines déchirées,
Et les chiens tremperont leurs langues altérées
Dans les flots de leur sang.

Les ennemis de sa gloire
Sont vaincus de toutes parts :
La pompe de sa victoire
Frappe leurs derniers regards.
Nos chefs, enflammés de zèle,
Chantent la force immortelle
Du Dieu qui sauva leurs jours ;
Et nos filles triomphantes
Mêlent leurs voix éclatantes
Au son bruyant des tambours.

Bénissez le Seigneur, bénissez votre maître,
Descendans de Jacob, ruisseaux que firent naître

Les sources d'Israël :
Vous, jeune Benjamin, vous, l'espoir de nos pères,
Nephtali, Zabulon, Juda, roi de vos frères,
   Adorez l'Eternel.

Remplis, Seigneur, la promesse
Que tu fis à nos aïeux :
Que les rois viennent sans cesse
Te rendre hommage en ces lieux.
Dompte l'animal sauvage
Qui contre nous, plein de rage,
S'élance de ses marais :
Pour éviter ta poursuite,
Qu'il cherche en vain dans sa fuite
Les roseaux les plus épais.

Des nations de sang confonds la ligue impie.
Les envoyés d'Egypte et les rois d'Arabie
   Reconnoîtront tes loix.
Chantez le Dieu vivant, royaumes de la terre :
Vous entendez ces bruits, ces éclats de tonnerre,
   C'est le cri de sa voix.

O ciel, ô vaste étendue,
Les attributs de ton Dieu
Sur les astres, dans la nue
Sont écrits en traits de feu.
Les prophètes qu'il envoie
Sont les héros qu'il emploie
Pour conquérir l'univers.
Sa clémence vous appelle,
Nations, que votre zèle
Serve le Dieu que je sers.

ODE II,

TIRÉE DU PSAUME CIII.

Inspire-moi des saints cantiques,
Mon ame, bénis le Seigneur.
Quels concerts assez magnifiques,
Quels hymnes lui rendront honneur !
L'éclat pompeux de ses ouvrages,
Depuis la naissance des âges,
Fait l'étonnement des mortels ;
Les feux célestes le couronnent,
Et les flammes qui l'environnent
Sont ses vêtemens éternels.

Ainsi qu'un pavillon tissu d'or et de soie,
Le vaste azur des cieux sous sa main se déploie ;
Il peuple leurs déserts d'astres étincelans :
Les eaux autour de lui demeurent suspendues,
            Il foule aux pieds les nues,
            Et marche sur les vents.

Fait-il entendre sa parole,
Les cieux croulent, la mer gémit,
La foudre part, l'aquilon vole,
La terre en silence frémit.
Du seuil des portes éternelles
Des légions d'esprits fidelles
A sa voix s'élancent dans l'air ;
Un zèle dévorant les guide,
Et leur essor est plus rapide
Que le feu brûlant de l'éclair.

Il remplit du cahos les abimes funèbres ;
Il affermit la terre et chassa les ténèbres ;
Les eaux couvroient au loin les rochers et les monts :
Mais au bruit de sa voix les ondes se troublèrent,
   Et soudain s'écoulèrent
   Dans leurs gouffres profonds.

  Les bornes qu'il leur a prescrites
  Sauront toujours les resserrer ;
  Son doigt a tracé les limites
  Où leur fureur doit expirer.
  La mer, dans l'excès de sa rage,
  Se roule en vain sur le rivage,
  Qu'elle épouvante de son bruit :
  Un grain de sable la divise,
  L'onde écume, le flot se brise,
  Reconnoit son maître et s'enfuit.

La terre ici s'élève en de hautes montagnes,
Ailleurs elle s'abaisse en de vastes campagnes,
Les vallons émaillés sont remplis de ruisseaux ;
Et des fleuves divers l'onde fraiche et bruyante
   Eteint la soif ardente
   Des plus nombreux troupeaux.

  Sur le rocher le plus sauvage,
  Dans les forêts, dans les déserts,
  Le cri des oiseaux, leur ramage
  Bénit le Dieu de l'univers.
  Sur les montagnes solitaires
  Il répand les eaux salutaires
  Des torrens cachés dans les cieux
  Et dans les plaines arrosées,
  Il fait par d'utiles rosées
  Germer des fruits délicieux.

Les troupeaux dans les prés vont chercher leur
    pâture,
L'homme dans les sillons cueille sa nourriture,
L'olivier l'enrichit des flots de sa liqueur :
Le pampre coloré fait couler sur sa table
    Ce nectar delectable,
    Charme et soutien du cœur.

    Le souverain de la nature
    A prévenu tous nos besoins,
    Et la plus foible créature
    Est l'objet de ses tendres soins.
    Il verse également la sève
    Et dans le chêne qui s'élève,
    Et dans les humbles arbrisseaux :
    Du cèdre voisin de la nue,
    La cime orgueilleuse et touffue
    Sert de base au nid des oiseaux.

Le daim léger, le cerf et le chevreuil agile
S'ouvrent sur les rochers une route facile ;
Pour eux seuls de ces bois Dieu forma l'épaisseur ;
Et les trous tortueux de ce gravier aride,
    Pour l'animal timide
    Qui nourrit le chasseur.

    Le globe éclatant qui dans l'ombre
    Roule au sein des cieux étoilés,
    Brilla pour nous marquer le nombre
    Des ans, des mois renouvelés.
    L'astre du jour dès sa naissance,
    Se plaça dans le cercle immense
    Que Dieu lui-même avoit décrit ;
    Fidèle aux lois de sa carrière,
    Il retire et rend la lumière
    Dans l'ordre qui lui fut prescrit.

La nuit vient à son tour, c'est le temps du silence ;
De ses antres fangeux la bête alors s'élance,
Et de ses cris aigus étonne le pasteur.
Par leurs rugissemens les lionceaux demandent
   L'aliment qu'ils attendent
  Des mains du Créateur.

  Mais quand l'aurore renaissante
  Peint les arcs de ses premiers feux,
  Ils s'enfoncent pleins d'épouvante
  Dans leurs repaires ténébreux.
  Effroi de l'animal sauvage,
  Du Dieu vivant brillante image,
  L'homme paroit quand le jour luit :
  Sous ses lois la terre est captive,
  Il y commande, il la cultive
  Jusqu'au règne obscur de la nuit.

Seigneur, Être parfait, que tes œuvres sont belles !
Tu fais servir l'accord qui les unit entr'elles,
Au bien de l'univers, au bonheur des humains.
Partout je vois empreint le sceau de ta sagesse,
   Et tu répands sans cesse
   Tes dons à pleines mains.

  Tu fis ces gouffres effroyables,
  Noir empire des vastes mers :
  Leurs abimes impénétrables
  Sont peuplés d'animaux divers.
  Ton souffle assembla les orages,
  Les aquilons dont les ravages
  Font régner la mort sur les eaux ;
  Et tu dis . Ces mers déchainées
  Verront leurs ondes étonnées
  Porter d'innombrables vaisseaux.

Là des monstres marins dans leur course pesante,
Ouvrent des flots émus la surface écumante ;
Ils semblent se jouer des vagues en courroux :
Quand de l'horrible faim les tourmens les dévorent,
　　C'est toi seul qu'ils implorent,
　　Et tu les nourris tous.

　　Privés de tes regards célestes
　　Tous les êtres tombent détruits,
　　Et vont mêler leurs tristes restes
　　Au limon qui les a produits :
　　Mais par des semences de vie,
　　Que ton souffle seul multiplie,
　　Tu répares les coups du temps ;
　　Et la terre toujours peuplée,
　　De sa fange renouvelée
　　Voit renaître ses habitans.

Dieu des jours, Dieu des temps, triomphe d'âge en
　　　　âge,
Jouis de ta grandeur, jouis de ton ouvrage ;
Tu regardes la terre, elle tremble d'effroi :
Tu frappes la montagne, et sa cime enflammée
　　　Dans les flots de fumée
　　　S'abîme devant toi.

　　Que le jour commence à paroître,
　　Ou qu'il s'éteigne dans les mers,
　　Mon créateur, mon divin maître
　　Sera l'objet de mes concerts.
　　Trop heureux si dans sa clémence,
　　Il écoute avec complaisance
　　Les chants que je forme pour lui.
　　Fidèle à marcher dans sa voie,
　　En lui seul je mettrai ma joie,
　　Mon espérance et mon appui.

Trop long-temps les pécheurs ont lassé sa justice ;
Que l'enfer les dévore, et que leur nom périsse :
Que Dieu verse la paix dans le fond de mon cœur,
Qu'il pénètre mes sens, que son zèle m'enflamme ;
     Et qu'à jamais mon ame
     Bénisse le Seigneur.

ODE III,

TIRÉE DU PSAUME CXXXVI.

CAPTIFS chez un peuple inhumain
Nous arrosions de pleurs les rives étrangères ;
    Et le souvenir du Jourdain
A l'aspect de l'Euphrate augmentoit nos misères.

    Aux arbres qui couvroient les eaux
Nos lyres tristement demeuroient suspendues,
    Tandis que nos maîtres nouveaux
Fatiguoient de leurs cris nos tribus éperdues.

    Chantez, nous disoient ces tyrans,
Les hymnes préparés pour vos fêtes publiques ;
    Chantez, et que vos conquérans
Admirent de Sion les sublimes cantiques.

    Ah ! dans ces climats odieux,
Arbitre des humains, peut-on chanter ta gloire !
    Peut-on, dans ces funestes lieux,
Des beaux jours de Sion célébrer la mémoire !

5 *

De nos aïeux sacré berceau,
Sainte Jérusalem, si jamais je t'oublie,
Si tu n'es pas jusqu'au tombeau
L'objet de mes désirs, et l'espoir de ma vie;

Rebelle aux efforts de mes doigts,
Que ma lyre se taise entre mes mains glacées,
Et que l'organe de ma voix
Ne prête plus de sons à mes tristes pensées.

Rappelle-toi ce jour affreux,
Seigneur, où d'Esaü la race criminelle
Contre ses frères malheureux
Animoit du vainqueur la vengeance cruelle.

Egorgez ces peuples épars,
Consommez, crioient-ils, les vengeances divines :
Brûlez, abattez ces remparts,
Et de leurs fondemens dispersez les ruines.

Malheur à tes peuples pervers,
Reine des nations, fille de Babylone;
La foudre gronde dans les airs,
Le Seigneur n'est pas loin, tremble, descends du
      trône.

Puissent tes palais embrasés
Eclairer de tes rois les tristes funérailles;
Et que sur la pierre écrasés
Tes enfans de leur sang arrosent tes murailles.

ODE DE MALHERBE,

TIRÉE DU PSAUME CXLV.

Dieu seul mérite d'être aimé.

N'espérons plus, mon ame, aux promesses du
monde :
Sa lumière est un verre, et sa faveur une onde,
Que toujours quelque vent empêche de calmer ;
Quittons ces vanités, lassons-nous de les suivre ;
C'est Dieu qui nous fait vivre ;
C'est Dieu qu'il faut aimer.

En vain, pour satisfaire à nos lâches envies,
Nous passons près des rois tout le temps de nos vies,
A souffrir des mépris, à plier les genoux :
Ce qu'ils peuvent n'est rien, ils sont ce que nous
sommes,
Véritabl ment hommes,
Et meurent comme nous.

Ont-ils rendu l'esprit, ce n'est plus que poussière,
Que cette majesté si pompeuse et si fière,
Dont l'éclat orgueilleux étonnoit l'univers ;
Et dans ces grands tombeaux où leurs ombres hau-
taines
font encore les vaines,
Ils sont mangés des vers.

Là, se perdent ces noms de maîtres de la terre,
D'arbitres de la paix, de foudres de la guerre;
Comme ils n'ont plus de sceptre, ils n'ont plus de
     flatteurs;
Et tombent avec eux d'une chute commune,
    Tous ceux que leur fortune
    Fit leurs adorateurs.

STROPHES DU MÊME,

Sur la Mort.

La Mort a des rigueurs à nulle autre pareilles;
    On a beau la prier :
La cruelle qu'elle est, se bouche les oreilles,
    Et nous laisse crier.

Le pauvre, en sa cabane, où le chaume le couvre,
    Est sujet à ses lois;
Et la garde qui veille aux barrières du Louvre
    N'en défend point nos Rois.

De murmurer contre elle, et perdre patience,
    Il est mal-à-propos;
Vouloir ce que Dieu veut est la seule science
    Qui nous met en repos.

AMOUR DE DIEU
PAR DESSUS TOUT.

Par le P. PORÉE, Jés.

Heureux celui qui dès l'enfance
A vécu soumis à tes loix !
Dès cette vie un si beau choix
Ne fut jamais sans récompense.
Ah ! Seigneur, retranchez du nombre de mes jours,
Ces jours que je voudrois effacer par mes larmes,
Ces jours où le plaisir m'attirant par ses charmes,
Me fit de vôtre grâce interrompre le cours.
Que mon erreur étoit extrême !
Toujours en vains désirs prêt à me consumer,
Je voulois vivre heureux sans vouloir vous aimer,
Et cherchois loin de vous ce qui n'est qu'en vous-
même.
Honteux de mon égarement,
Je me suis rengagé sous votre aimable empire ;
Plutôt que d'en sortir, même pour un moment,
Seigneur, ordonnez que j'expire :
Un Chrétien vit assez, s'il meurt en vous aimant.

ODE

SUR LA MISÉRICORDE DIVINE,

Par Pélisson.

Grand Dieu ! par quel encens et par quelles
victimes,
Pourrai je détourner ton courroux que je crains ?
J'ai mérité la mort, et pour de moindres crimes
Le monde a vu tomber la foudre de tes mains.

L'excès de tes bontés augmente mon offense :
Tu me combles de biens au lieu de me punir ;
Et l'on voit, ô prodige ! une égale constance,
En moi pour t'offenser, en toi pour me bénir.

Il est vrai, mon Sauveur, mes fautes sont mortelles,
Toujours ma passion s'oppose à tes projets :
Mais, hélas ! si tu perds tous ceux qui sont rebelles,
En quels lieux de la terre auras-tu des sujets ?

Mes crimes d'un côté provoquent ta justice,
De l'autre ta bonté demande mon pardon :
As-tu moins de bonté que je n'ai de malice ?
Serai-je plus méchant que tu ne seras bon ?

L'hiver, accompagné des vents et des orages,
Vient de quitter la place à la belle saison :
La terre est sans glaçons et le ciel sans nuages,
L'un montre son azur, l'autre son vert gazon.

Par toi l'air est serein, et la terre féconde ;
Grand Dieu ! c'est toi qui fais, en dépit des hivers,
Retourner sur ses pas la jeunesse du monde,
Et renaître à nos yeux l'éclat de l'univers.

S'il est ainsi, de grâce, arrête le tonnerre ;
Epargne ton ouvrage, ô Dieu mon créateur :
Tu fais un nouveau ciel, une nouvelle terre,
Peux-tu pas dans mon corps former un nouveau
            cœur ?

Il y va de mon bien, il y va de ta gloire :
Dompte par ton esprit mon esprit obstiné ;
Ton triomphe est le mien, je gagne en ta victoire :
Quand tu seras vainqueur, je serai couronné.

SONNET

DE DESBARREAUX. (*)

GRAND DIEU, tes jugemens sont remplis d'équité :
Toujours tu prends plaisir à nous être propice ;
Mais j'ai tant fait de mal, que jamais ta bonté
Ne me peut pardonner sans choquer ta justice.

Oui, mon Dieu, la grandeur de mon impiété
Ne laisse à ton pouvoir que le choix du supplice :
Ton intérêt s'oppose à ma félicité,
Et ta clémence même attend que je périsse.

(*) L'auteur fit cet admirable sonnet dans une grande
maladie qui acheva sa conversion : il avoit poussé l'impiété
aux derniers excès ; mais grâces à ce Dieu miséricordieux, il
revint de ses égaremens cinq ans avant sa mort, et se retira
à Châlons, où il vécut et mourut en bon Chrétien.

Contente ton désir puisqu'il t'est glorieux :
Offense-toi des pleurs qui coulent de mes yeux,
Tonne, frappe, il est temps ; rends-moi guerre pour
        guerre.

J'adore en périssant la raison qui t'aigrit :
Mais dessus quel endroit tombera ton tonnerre,
Qui ne soit tout couvert du sang de Jésus-Christ ?

JÉSUS-CHRIST SAUVEUR DU MONDE,

ODE PAR M. ***

Descends des demeures divines
Grand Dieu, les temps sont accomplis;
L'erreur enfin sur ses ruines
Va voir tes temples rétablis.
Un jour pur commence à paroître,
Sur la terre un Dieu vient de naître
Pour nous arracher au tombeau;
De l'enfer les monstres terribles,
Abaissant leurs têtes horribles,
Tremblent aux pieds de son berceau.

Mais l'homme, constant dans sa rage,
S'oppose à sa félicité;
Amoureux de son esclavage,
Il s'endort dans l'iniquité.
Je vois ses mains infortunées,
Aux palmes du ciel destinées,
S'offrir à des fers odieux ;
Il boit dans la coupe infernale :
Et l'épais venin qu'elle exhale
Dérobe le jour à ses yeux.

Ne peut-il des nuages sombres
Percer la longue obscurité ?
Son Dieu porte à travers les ombres
Le flambeau de la vérité.
Ouvre les yeux, homme infidèle,
Suis le Dieu puissant qui t'appelle :
Mais tu te plais à l'ignorer ;
Affermi dans l'ingratitude,
Tu voudrois que l'incertitude
Te dispensât de l'adorer.

Mets le comble à tes injustices,
Il n'est plus temps de reculer ;
Ses vertus condamnent tes vices,
Il faut le suivre ou l'immoler.
L'erreur, la colère, l'envie,
Tout s'est armé contre sa vie :
Que tardes-du ? perce son flanc ;
De ses jours il t'a rendu maître :
Qui l'a bien pu méconnoître
Craindra-t-il de verser son sang ?

Ciel ! déjà ta rage exécute
Ce qu'a présagé ma douleur ;
Ton juge à tous les maux en butte
Va succomber sous ta fureur.
Je vous vois, victime innocente,
Sous le faix d'une croix pesante,
Vous traîner jusqu'au triste lieu ;
Tout est prêt pour le sacrifice :
Vous semblez, de nos maux complice,
Oublier que vous êtes Dieu.

O toi, dont la source céleste
Annonce aux humains ton auteur,

Rec. de Poés. sac. 6

Soleil, en cet état funeste,
Reconnois-tu ton créateur ?
C'est à toi de punir la terre ;
Si le ciel suspend son tonnerre,
Ta clarté doit s'évanouir.
Va te cacher au sein de l'onde :
Peux-tu donner le jour au monde
Quand ton Dieu cesse d'en jouir ?

Mais quel prodige me découvre
Les flambeaux obscurs de la nuit ?
Le voile du temple s'entrouvre,
Le ciel gronde, le jour s'enfuit :
La terre en abîmes ouverte
Avec regret se voit couverte
Du sang du Dieu qui la forma ;
Et la nature consternée,
Semble à jamais abandonnée
Du feu divin qui l'anima.

Toi seul, insensible à tes peines,
Tu chéris l'instant de ta mort :
Grand Dieu ! grace aux fureurs humaines,
L'univers a changé de sort.
Je vois des palmes éternelles
Croître en ces campagnes cruelles
Qu'arrose ton sang précieux ;
L'homme est heureux d'être perfide :
Et coupables d'un déicide,
Tu nous fais devenir des dieux.

DIEU EN TROIS PERSONNES,

OU

LA SAINTE TRINITÉ.

Au milieu des clartés d'un feu pur et durable,
Dieu mit avant les temps son trône inébranlable.
Le ciel est sous ses pieds ; de mille astres divers
Le cours toujours réglé l'annonce à l'univers.
La puissance, l'amour avec l'intelligence,
Unis et divisés, composent son essence.
Ses Saints dans les douceurs d'une éternelle paix,
D'un torrent de plaisirs enivrés à jamais,
Pénétrés de sa gloire et remplis de lui-même,
Adorent à l'envi sa Majesté suprême.
Devant lui sont ces Dieux, ces brûlans Séraphins,
A qui de l'univers il commet les destins.
Il parle, et de la terre ils vont changer la face,
Des puissances du siècle ils retranchent la race,
Tandis que les humains, vils jouets de l'erreur,
Des conseils éternels accusent la hauteur.

ODE DE M. DUCHÉ

Sur les attributs de Dieu.

Il est, et par lui seul tout être a pris naissance.
Le néant existe à sa voix :
La nature et les temps agissent par ses loix ;
Tout adore en tremblant la suprême Puissance.
Invisible et présent, on le trouve en tous lieux:
Il remplit la terre et les cieux,

Par lui tout se meut, tout respire :
Sa durée est l'éternité ;
Et les bornes de son empire
Sont celles de l'immensité.

Il produit à son gré le calme et les tempêtes :
Il commande aux flots en courroux,
Et des foudres bruyans qui menacent nos têtes,
Ses ordres éternels conduisent tous les coups.
Des climats où naît la lumière,
Aux lieux où le soleil termine sa carrière,
Il étend ses soins bienfaisans ;
Et l'on voit sa bonté paroître
Par-tout où son pouvoir fait mourir et renaître
Les jours, les saisons et les ans.

Par lui brille en nos prés la riante verdure,
D'abondantes moissons les guérets sont couverts :
L'automne de ses fruits enrichit la nature,
Et l'aquilon fougueux ramène les hivers.
De l'énorme éléphant à la fourmi rampante,
De l'aigle au passereau, du monarque au berger,
Tout vit, tout se soutient par sa faveur présente ;
Il change, comme il veut, la matière impuissante,
Et seul ne peut jamais changer.

Mais aussi terrible qu'aimable,
J'entends, Dieu tout-puissant, ta colère implacable
Porter par-tout le trouble et la terreur.
Je te vois des méchans peser les injustices,
Et leur partager les supplices
Dignes de ta juste fureur.

Tu parles ; et ta voix enfante le tonnerre,
Les Anges tombent à tes pieds ;
Les superbes vaincus, les rois humiliés,
Rentrent dans le sein de la terre.

Pour te venger et nous punir
Tous les élémens vont s'unir,
La mer ouvre ses flancs, la terre ses abîmes;
L'air s'allume, le feu dévore les mortels,
Et l'horrible trépas de tant de criminels
Ne fait qu'éterniser leurs tourmens et leurs crimes.

Quelle divine main m'enlève dans les cieux!
Sa splendeur se montre à mes yeux;
J'entre dans la cité céleste.
Saisi, la force manque à mes sens enchantés.
Quels torrens éternels de saintes voluptés!
L'ouvrage de tes mains semble égal à toi-même:
Tu couronnes en lui les dons que tu lui fais;
Comblé de tes faveurs, tu le chéris, il t'aime;
Et ta gloire est le prix de tes propres bienfaits.

Que ton pouvoir est adorable!
Tu peux faire toi seul notre félicité;
Toi seul dois être redouté:
Tout obéit à ta voix formidable:
Par toi de nos momens le cours est limité,
Et de la mort impitoyable
Tu conduis et suspends l'aveugle cruauté.

Grand Dieu, qui fais trembler l'enfer, la terre et l'onde,
Dont l'univers entier annonce la grandeur;
Toi dont l'astre du jour emprunte sa splendeur;
Toi qui d'un mot créas le monde:
Sagesse, puissance, bonté,
Justice, gloire, vérité;
Principe de tout bien, seul bien digne d'envie!
Puissé-je, après ma mort, dans une heureuse paix,
M'enivrer dans ton sein de ces sources de vie
Qui ne doivent tarir jamais.

6 *

BONHEUR DES SAINTS

DANS LE CIEL,

Extrait de RACINE *fils.*

La de ce corps impur les ames délivrées
De la joie ineffable à sa source enivrées,
Et riches de ces biens que l'œil ne sauroit voir,
Ne demandent plus rien, n'ont plus rien à vouloir.
De ce royaume heureux, Dieu bannit les alarmes,
Et des yeux de ses Saints daigne essuyer les larmes.
C'est là qu'on n'entend plus ni plaintes, ni soupirs ;
Le cœur n'a plus alors ni craintes, ni désirs.
L'Eglise enfin triomphe, et, brillante de gloire,
Fait retentir le ciel des champs de sa victoire ;
Elle chante, tandis qu'esclaves désolés
Nous gémissons encor sur la terre exilés.
(*) Près de l'Euphrate assis, nous pleurons sur ses
      rives,
Une juste douleur tient nos ames captives.
Eh ! comment pourrions-nous au milieu des méchans,
O céleste Sion ! faire entendre tes chants ?
Hélas ! nous nous taisons ; nos lyres détendues
Languissent en silence aux saules suspendues.
Que mon exil est long ! ô tranquille cité !
Sainte Jérusalem ! ô chère éternité !
Quand irai-je au torrent de la volupté pure
Boire l'heureux oubli des peines que j'endure ?
Quand irai-je goûter ton adorable paix ?
Quand verrai-je ce jour qui ne finit jamais ?

(*) *Super flumina Babylonis , illic sedimus et flevimus.*
Ps. 136.

Sur le même sujet ; par M. ARNAUD.

Du beau feu de l'amour brûler avec les Anges,
Avoir le front orné d'immortelle splendeur :
Du Monarque infini contempler la grandeur,
Et par les plus beaux chants célébrer ses louanges :
Sonder la profondeur de ses divins secrets ;
De sa haute-sagesse adorer les décrets ;
Pour mets délicieux se nourrir de lui-même ;
Par son Verbe divin être nommés des Dieux ;
Et vivre en l'unité de son bonheur suprême,
C'est un foible crayon de la gloire des cieux.

L'AMOUR DES RICHESSES,

ET DE LA GLOIRE,

Par le P. CLERIC, Jés.

ODE.

Adorateurs d'un bien fragile,
Dupes d'un cœur ambitieux,
Jusques à quand un peu d'argile
Charmera-t-il nos foibles yeux ?
L'amour d'une fausse richesse
Nous dérobera-t-il sans cesse
Les momens que nous nous devons ?
Quelle aveugle ardeur nous enivre !
Toujours nous entassons pour vivre :
Hélas ! jamais nous ne vivons.

Le sang qui coule dans nos veines,
Est-il le sang de ces mortels,
Qui, libres des grandeurs humaines,
N'aimoient l'or que pour les Autels ?
A Dieu seul ils rendoient hommage ;
Les bornes de leur héritage
Furent celles de leurs desirs ;
Et sous un toit couvert de chaume,
Leur vertu trouvant un royaume,
Fit leurs trésors et leurs plaisirs.

Rien ne manquoit dans l'indigence
A leur sage frugalité,
Et dans les bras de l'abondance,
Tout manque à notre avidité.
Les grains de l'ardente Lybie,
Les fruits de l'heureuse Arabie
N'assoûviroient pas notre faim ;
Et quand les flots dorés du Tage
Nous feroient un riche breuvage,
La soif nous brûleroit le sein.

Dans quelles fatignes nous jette
L'espoir d'un bonheur apparent !
Par combien de maux on achette
Souvent un malheur bien plus grand !
Pour une brillante fumée,
Le guerrier va dans une armée
Sacrifier un doux repos :
Pour réussir rien ne nous coûte ;
Et le crime est souvent la route
Par où s'élèvent les Héros.

Le Savant, pour un gain sordide,
Sur les livres sue et pâlit.

Le Partisan, toujours avide,
Dans son bureau s'ensevelit.
L'Orateur, vendant sa colère,
Épouse une haine étrangère.
Le Marchand traverse les mers,
Et, passant dans un autre monde,
Cherche une plage plus féconde,
Cachée au bout de l'univers.

Métal funeste, or haïssable,
Toi que Dieu sous les plus hauts monts,
D'une main sage et respectable
Enferme en des antres profonds ;
Idole et tyran de la terre,
Pourquoi nous apporter la guerre
Du voisinage de l'Enfer ?
Malgré l'éclat qui t'environne,
Et les noms pompeux qu'on te donne,
Je t'abhorre plus que le fer.

Tu romps les liens les plus tendres;
Tu nous livres aux vains flatteurs ;
Tu réduis les villes en cendres;
Tu soutiens les usurpateurs :
Tu fournis des armes fatales
Aux passions les plus brutales
Des Souverains et des sujets ;
De leurs crimes fruit et complice,
C'est de toi que naît la malice
De leurs plus funestes projets.

Tu peux donner des diadèmes
Armer des bataillons nombreux,
Former d'utiles stratagèmes ;
Mais peux-tu faire des heureux ?

Oh ! si les Grands à notre vue
Offroient leur ame toute nue,
Quel trouble n'y verrions-nous pas !
Moins s'agitent les mers du pole,
Quand les fougueux enfans d'Eole
En sont le champ de leurs combats.

Mécontens, ils n'osent se plaindre ;
Leurs plaisirs même sont contraints ;
Obligés de se faire craindre,
Ils souffrent de voir qu'ils sont craints ;
Leurs biens, leur mérite, leur vie,
Sont les victimes de l'envie ;
Les soins volent sous leurs lambris ;
Leur majesté les importune ;
Toujours en butte à la fortune,
Ils n'ont de grandeur qu'à ce prix.

Pour eux fixe-t-elle sa roue,
Bientôt contre les sombres bords
Leur superbe puissance échoue ;
Ils sont ravis à leurs trésors.
De leurs palais, de leurs portiques,
De tant de titres magnifiques
Que reste-t-il à leur orgueil ?
Un désespoir qui les accable,
Un héritier impitoyable,
L'éternel oubli du cercueil.

FRAGMENT

DU

JOUR DES MORTS DANS UNE CAMPAGNE,

Par M. DE FONTANES.

DÉJA du haut des cieux le cruel sagittaire
Avoit tendu son arc et ravageoit la terre ;
Les côteaux et les champs, et les prés défleuris,
N'offroient de toutes parts que de vastes débris ;
Novembre avoit compté sa première journée.

Seul alors, et témoin du déclin de l'année,
Heureux de mon repos, je vivois dans les champs.
Et quel poëte, épris de leurs tableaux touchans,
Quel sensible mortel, des scènes de l'automne
N'a chéri quelquefois la beauté monotone !
Oh ! comme avec plaisir la rêveuse douleur,
Le soir, foule à pas lents ces vallons sans couleur,
Cherche les bois jaunis et se plaît au murmure
Du vent qui fait tomber leur dernière verdure ?
Ce bruit sourd a pour moi je ne sais quel attrait.
Tout à coup si j'entends s'agiter la forêt,
D'un ami qui n'est plus la voix long-temps chérie
Me semble murmurer dans la feuille flétrie.
Aussi c'est dans ce temps que tout marche au cercueil ;
Que la Religion prend un habit de deuil.
Elle en est plus auguste, et sa grandeur divine
Croit encore à l'aspect de ce monde en ruine.

Aujourd'hui ramenant un usage pieux,
Sa voix rouvroit l'asile où dorment nos aïeux.

Hélas ! ce souvenir frappe encor ma pensée.
L'aurore paroissoit : la cloche balancée,
Mêlant un son lugubre aux sifflemens du nord,
Annonçoit dans les airs la fête de la mort.
Vieillards, femmes, enfans accouroient vers le temple.
Là préside un mortel dont la voix et l'exemple
Maintiennent dans la paix ses heureuses tribus ,
Un Prêtre. . . . .
. . . .
. . . . . En ce jour de grace et de vengeance
A ses enfans chéris que charmoit sa présence,
Il rappela l'objet qui les rassembloit tous ;
Et , loin d'armer contre eux le céleste courroux ,
Il sut par l'espérance adoucir la tristesse.

« Hier, dit-il, nos chants, nos hymnes d'allégresse
» Célébroient à l'envi ces morts victorieux
» Dont le zèle enflammé sut conquérir les cieux.
» Pour les mânes plaintifs, à la douleur en proie,
» Nous pleurons aujourd'hui; notre deuil est leur joie,
» La puissante prière a droit de soulager
» Tous ceux qu'éprouve encore un tourment passager.
» Allons donc visiter leur funèbre demeure.
» L'homme, hélas ! s'en approche, y descend à toute
            heure.
» Consolons-nous pourtant : un céleste rayon
» Percera des tombeaux la sombre région.
» Oui, tous ses habitans, sous leur forme première,
» S'éveilleront surpris de revoir la lumière ;
» Et moi, puissé-je alors, vers un monde nouveau,
» En triomphe à mon Dieu ramener mon troupeau ! »

Il dit , et prépara l'auguste sacrifice ;
Tantôt ses bras tendus montroient le Ciel propice;
Tantôt il adoroit , humblement incliné.
O moment solennel ! Ce peuple prosterné,

Ce temple dont la mousse a couvert les portiques,
Ses vieux murs, son jour sombre, et ses vitráux
                    gothiques,
Cette lampe d'airain, qui, dans l'antiquité,
Symbole du soleil et de l'éternité,
Luit devant le Très-Haut, jour et nuit suspendue;
La majesté d'un Dieu parmi nous descendue,
Les pleurs, les vœux, l'encens qui montent vers l'autel,
Et de jeunes enfans qui, sous l'œil maternel,
Adoucissent encor par leur voix innocente
De la Religion la pompe attendrissante ;
Cet orgue qui se tait, ce silence pieux,
L'invisible union de la terre et des cieux,
Tout enflamme, agrandit, émeut l'homme sensible;
Il croit avoir franchi ce monde inaccessible,
Où, sur des harpes d'or, l'immortel séraphin
Aux pieds de Jéhova chante l'hymne sans fin...
C'est alors que sans peine un Dieu se fait entendre.
Il se cache au savant, se révèle au cœur tendre;
Il doit moins se prouver qu'il ne doit se sentir.
Mais du temple, à grands flots, se hâtoit de sortir
La foule qui, déjà, par groupes séparée,
Vers le séjour des morts s'avançoit éplorée.
L'étendard de la croix marchoit devant nos pas.
Nos chants majestueux, consacrés au trépas,
Se mêloient à ce bruit précurseur des tempêtes;
Des nuages obscurs s'étendoient sur nos têtes ;
Et nos fronts attristés, nos funèbres concerts
Se conformoient au deuil et des champs et des airs.

Cependant du trépas on atteignoit l'asile.
L'if et le bois lugubre, et le lierre stérile,
Et la ronce à l'entour croissent de toutes parts;
On y voit s'élever quelques tilleuls épars;
Le vent court en sifflant sur leur cime flétrie.

Non loin s'égare un fleuve, et mon ame attendrie
Vit dans le double aspect des tombes et des flots,
L'éternel mouvement et l'éternel repos.

Avec quel saint transport tout ce peuple champêtre,
Honorant ses aïeux, aimoit à reconnoître
La pierre ou le gazon qui cachoit leurs débris !
Il nomme, il croit revoir tous ceux qu'il a chéris.
Mais, hélas ! dans nos murs, de l'ami le plus tendre
Où peut l'œil incertain redemander la cendre ?
Les morts en sont bannis, leurs droits sont violés,
Et leurs restes sans gloire au hasard sont mêlés.
Ah ! déjà contre nous j'entends frémir leurs mânes.
Tremblons : malheur aux temps, aux nations profanes,
Chez qui, dans tous les cœurs affoibli par degré,
Le culte des tombeaux cesse d'être sacré !

. . . .
. . . .

STANCES

SUR LES MISÈRES DE LA VIE,
Par CORNEILLE.

Faut-il que cette vie en soi si misérable,
    Ait toutefois un tel attrait,
Que le plus malheureux et le plus méprisable
    Ne l'abandonne qu'à regret !

Que s'il étoit au choix de notre ame insensée
    De languir toujours en ces lieux,
Nous traînerions nos maux sans aucune pensée
    De régner jamais dans les cieux !

Lâches, qui sur nos cœurs aux voluptés du monde
    Souffrons des progrès si puissans,
Que rien n'y peut former d'impression profonde,
    S'il ne flatte et charme nos sens !

Nous verrons à la fin, aveugles que nous sommes,
    Que ce que nous aimons n'est rien,
Et qu'il ne peut toucher que les esprits des hommes
    Qui ne se connoissent pas bien.

Tant qu'à ce corps fragile un souffle nous attache,
    Tel est à tous notre malheur,
Que le plus innocent ne se peut voir sans tache,
    Ni le plus content sans douleur.

Le plein calme est un bien hors de notre puissance :
    Aucun ici-bas n'en jouit ;
Il descendit du ciel avec notre innocence,
    Avec elle il s'évanouit.

Comme ces deux trésors étoient inséparables,
    Un moment perdit tous les deux ;
Et le même péché qui nous fit tous coupables,
    Nous fit aussi tous malheureux.

Prends donc, prends patience en un chemin qu'on
        passe
    Sous des orages assidus,
Jusqu'à ce que ton Dieu daigne te faire grace
    Et te rendre les biens perdus.

SUR LES VAINES OCCUPATIONS
DES GENS DU SIÈCLE,

Par J. Racine.

Quel charme vainqueur du monde
Vers Dieu m'élève aujourd'hui ?
Malheureux l'homme qui fonde
Sur les hommes son appui !
Leur gloire fuit et s'efface
En moins de temps que la trace
Du vaisseau qui fend les mers,
Ou de la flèche rapide
Qui, loin de l'œil qui la guide,
Cherche l'oiseau dans les airs.

De la sagesse immortelle
La voix tonne et nous instruit.
Enfans des hommes, dit-elle,
De vos soins quel est le fruit ?
Par quelle erreur, ames vaines,
Du plus pur sang de vos veines
Achetez-vous si souvent,
Non un pain qui vous repaisse,
Mais une ombre qui vous laisse
Plus affamés que devant ?

Le pain que je vous propose
Sert aux Anges d'aliment ;
Dieu lui-même le compose
De la fleur de son froment.
C'est ce pain si délectable
Que ne sert point à sa table

Le monde que vous suivez ;
Je l'offre à qui veut me suivre :
Approchez ; voulez-vous vivre ?
Prenez, mangez et vivez.

O sagesse ! ta parole
Fit éclore l'univers,
Posa sur un double pôle
La terre au milieu des airs.
Tu dis, et les cieux parurent,
Et tous les astres coururent
Dans leur ordre se placer :
Avant les siècles tu règnes ;
Et qui suis-je, que tu daignes
Jusqu'à moi te rabaisser ?

Le Verbe, image du Père,
Laissa son trône éternel,
Et d'une mortelle mère
Voulut naître homme et mortel.
Comme l'orgueil fut le crime
Dont il naissoit la victime,
Il dépouilla sa splendeur,
Et vint, pauvre et misérable,
Apprendre à l'homme coupable
Sa véritable grandeur.

L'ame, heureusement captive,
Sous ton joug trouve la paix,
Et s'abreuve d'une eau vive
Qui ne s'épuise jamais :
Chacun peut boire en cette onde,
Elle invite tout le monde ;
Mais nous courons follement
Chercher des sources bourbeuses,
Ou des citernes trompeuses,
D'où l'eau fuit à tout moment.

7*

ODE SUR LA MORT,

Par Corneille.

Pense, mortel, à t'y résoudre,
Ce sera demain fait de toi :
Tel aujourd'hui donne la loi,
Qui demain est réduit en poudre.
Le jour qui paroît le plus beau
Souvent jette dans le tombeau
La mémoire la mieux fondée ;
Et l'objet qu'on aime le mieux
Echappe bientôt à l'idée,
Quand il n'est plus devant les yeux.

Travaille donc, et sans remise :
Chaque moment est précieux ;
Chaque instant peut t'ouvrir les cieux ;
Prends un temps qui te favorise.
Mais, hélas ! qu'avec peu de fruit
L'homme, par soi-même séduit,
Endure qu'on l'en sollicite,
Et qu'il aime à perdre ici-bas
Le temps d'amasser un mérite
Qui fait vivre après le trépas !

Un temps viendra, mais déplorable,
Que les yeux, en vain mieux ouverts,
Te feront voir combien tu perds
Dans cette perte irréparable.
Les soins tardifs de t'amender,
Auront alors beau demander
Encore un jour, encore une heure ;
Il faudra partir promptement,
Et la soif d'une fin meilleure
N'obtiendra pas un seul moment.

ODE SUR LA MORT,

Par un Auteur inconnu.

Ciel ! il est donc vrai, peu d'années,
Peut-être peu de jours, peut-être peu d'instans,
Amèneront ce point marqué des destinées,
    Qui pour moi finira le temps.
Soleil que tant de fois mes yeux ont vu renaître,
Tu vas donc pour jamais à mes yeux disparoître ?
    Terre sous moi tu vas crouler.
Tout l'univers m'échappe et me livre à l'abîme :
J'y touche. Le torrent entraîne la victime
    Sous le coup qui va l'immoler.

    L'implacable mort m'environne :
Je marche à ses côtés : dans ses bras je m'endors :
Avec les alimens que mon souffle empoisonne,
    Je m'incorpore mille morts.
L'eau, l'air, le feu, la terre, à ma perte conspirent ;
Au dehors, au dedans, tour-à-tour me déchirent,
    M'embrasent, vont me submerger.
L'art m'offre son secours : il est souvent un piége ;
Et jamais je n'échappe au danger qui m'assiége
    Qu'à l'aide d'un nouveau danger.

    Bientôt de cette idole altière,
De ce corps qui maîtrise aujourd'hui mon esprit,
Il ne restera plus que la vile poussière,
    Grand Dieu ! dont ta main le pétrit.
Bientôt pâle, glacé, livide, infect, horrible,
Des insectes rongé.... loin, image terrible ;
    J'expire si tu me poursuis ;
Et d'un visible orgueil j'ose encor me repaître ;
Et je puis, à l'aspect de ce que je vais être,
    Idolâtrer ce que je suis.

De ce souffle actif qui m'anime,
Qui veut, qui pense en moi, quel sera le destin?
Du pouvoir de la mort, trop illustre victime,
  Pourroit-il fondre dans son sein?
Dans le sein de la mort! lui dont l'intelligence
Embrasse l'univers, sonde sa propre essence;
  Lui qui connoît le Dieu vivant.
Non, non, qui te connoît, sans fin doit te connoître;
Dieu des dieux, ton idée attachée à son être
  L'a muni contre le néant.

  Ah! mon œil perce le nuage.
Tu m'éclaires: quels biens, quel espoir m'est permis?
Torrens de voluptés..... seront-ils mon partage?
  Au juste seul ils sont promis.
L'impie en expirant fondra dans ces abîmes
Où ta haine éternise un peuple de victimes
  Qu'à jamais ton bras doit frapper.
Quoi! grand Dieu, pour jamais les cieux ou le tartare,
L'un ou l'autre m'attend: un souffle m'en sépare,
  Et le plaisir peut m'occuper!

  Une foule d'objets m'attache.
Ciel! à quelles douleurs suis-je donc destiné?
C'est en le déchirant qu'à la terre on arrache
  Un arbre trop enraciné.
Vains fantômes des biens qu'un œil jaloux m'envie,
De quels nœuds vos attraits m'enchaînent à la vie?
  Je dois les rompre, quels efforts!
De quels traits armez-vous le bras qui me menace?
Dans une seule mort dont l'attente me glace,
  Combien m'apprêtez-vous de morts?

  Que vois-je? ô spectacle! ô surprise!
La mort sur les humains auroit perdu ses droits?
Nul dessein, nul effort, nul vœu, nulle entreprise,
  Qui soient mesurés à ses lois.

L'erreur a de leurs jours éternisé l'espace ;
Chacun, sans voir de terme, acquiert, enlève, entasse,
   Court aux honneurs, vole aux combats : .
Et celui qui, tremblant, sous cent hivers succombe,
Plein de nouveaux projets sur le bord de la tombe,
   Périt d'un coup qu'il n'attend pas.

   Volez à travers mille orages,
A travers mille écueils, mille gouffres ouverts :
Allez, troupe effrénée, au mépris des naufrages,
   Dépouiller un autre univers.
Pour vous entr'arracher l'idole qui vous charme,
Tentez tout, osez tout : que votre soif m'alarme
   Pour le pupille et les autels !
Vous n'êtes plus... à voir vos travaux innombrables,
Vos soucis, vos efforts, vos vœux insatiables,
   Qui vous eût pu croire mortels ?

   Et toi, la flamme et le carnage
Marquent, fier conquérant, tes pas ensanglantés.
L'univers étonné célèbre ton courage,
   Tous les tributs te sont portés.
Poussière ambitieuse, au néant échappée,
Quel fruit des attentats de ta fatale épée ?
   Vaincre, triompher et mourir.
Quoi ! tant de nations sous ton char écrasées,
Pour parer d'un vain tas de couronnes brisées
   Le sépulcre où tu vas pourrir ?

   Je frémis : image effrayante !
Tout périt ; rien n'échappe au glaive dévorant.
Je vois fuir les trésors de la main défaillante
   De l'usurpateur expirant.
Je vois l'ambitieux briller et disparoître.
La terre ouvre son sein sous ce superbe maître

Dont l'orgueil vient de l'embraser.
O fortune! ô puissance! ô songe peu durable!
Attendrai-je, insensé, que le réveil m'accable
    Pour apprendre à vous mépriser?

    Sur ce théâtre où disparoissent
Tous les frêles présens du caprice et du sort,
Mes yeux épouvantés à peine reconnoissent
    L'homme aux prises avec la mort.
Quelle face! quels yeux! quel regard immobile!
Quel trouble! quel effroi sous ce dehors tranquille!
    Par degrés il se sent périr.
Ce qu'il perd l'attendrit, ce qu'il risque le glace.
Ciel! soutiens sa foiblesse, et pour dernière grace,
    Qu'il achève enfin de mourir.

    Venez, voyez, troupe frivole,
Qu'un culte sacrilége ose diviniser :
L'arrêt n'est point douteux, il a proscrit l'idole,
    Et l'idole va se briser.
Connoissez votre sort, présomptueux fantômes :
La foule des humains, à vos yeux vils atômes,
    Disparoît devant votre orgueil ;
Rapprochez-vous enfin de l'espèce mortelle ;
Venez, pour la venger, vous confondre avec elle
    Dans la poussière du cercueil.

    Mon œil tremblant parcourt la terre :
Les mourans et les morts gissent de tous côtés.
Elle entr'ouvre son sein : quel spectacle elle enserre!
    Tous mes sens sont épouvantés.
Que de gouffres infects qui sans cesse engloutissent!
Que de lambeaux hideux qui lentement pourrissent!
    Tel est donc l'ouvrage du temps!
O terre, de la mort trophée épouvantable,
Qu'est-ce donc que ta masse? un monceau lamentable
    Des débris de tes habitans.

Dans ces tas de poussière humaine,
Dans ce chaos de boue et d'ossemens épars,
Je cherche, consterné de cette affreuse scène,
   Les Alexandre, les César,
Cette foule de rois, fiers rivaux du tonnerre,
Ces nations, la gloire ou l'effroi de la terre,
   Ce peuple-roi de l'univers,
Ces sages dont l'esprit brilla d'un feu céleste;
De tant d'hommes fameux, voilà donc ce qui reste :
   Des tombeaux, des cendres, des vers !

Que ce spectacle vous terrasse,
Monstres, que trop long-temps mon cœur ose nourrir.
Le fragile univers n'est qu'une ombre qui passe,
   Tout meurt, c'est à vous de mourir.
Image de la mort, appui de ma foiblesse,
Entre le crime et moi, viens te placer sans cesse;
   Démasque à mes yeux les faux biens.
Tu commences le sage, et la vertu l'achève;
Et le sage, des cieux où la vertu l'élève,
   Tombe, si tu ne le soutiens.

LE JUGEMENT DERNIER,

Par GILBERT.

« Quels biens vous ont produit vos sauvages vertus !
» Justes, vous avez dit : Dieu nous protège en père,
» Et partout opprimés, vous rampez abattus
» Sous les pieds du méchant dont l'audace prospère.
   » Implorez ce Dieu défenseur;
» En faveur de ses fils qu'il arme sa vengeance,
» Est-il aveugle et sourd ? est-il d'intelligence
   » Avec l'impie et l'oppresseur !

» Méchans, suspendez vos blasphêmes ;
» Est-ce pour le braver qu'il vous donna la voix ?
» Il nous frappe, il est vrai; mais, sans juger ses loix,
» Soumis, nous attendons qu'il vous frappe vous-
        mêmes.
    » Ce soleil, témoin de nos pleurs,
» Amène à pas pressés le jour de sa justice :
    » Dieu nous paiera de nos douleurs,
» Dieu viendra nous venger des triomphes du vice.

» Qu'il vienne donc, ce Dieu, s'il a jamais été !
» Depuis que du malheur les vertus sont sujettes,
» L'infortuné l'appelle et n'est point écouté ;
» Il dort au fond du Ciel sur ses foudres muettes,
    » Et c'est là ce Dieu généreux :
» Et vous pouvez encore espérez qu'il s'éveille :
» Allez, imitez-nous ; et tandis qu'il sommeille,
    » Soyez coupables, mais heureux. »

Quel bruit s'est élevé ? la trompette sonnante
    A retenti de tous côtés ;
Et, sur son char de feu, la foudre dévorante
    Parcourt les airs épouvantés.
Ces astres teints de sang, et cette horrible guerre
    Des vents échappés de leurs fers,
Hélas ! annoncent-ils aux enfans de la terre
    Le dernier jour de l'Univers ?

L'Océan révolté loin de son lit s'élance,
    Et de ses flots séditieux,
    Court, en grondant, battre les cieux,
Tout prêts à le couvrir de leur ruine immense.
C'en est fait, l'Eternel, trop long-temps méprisé,
    Sort de la nuit profonde
Où, loin des yeux de l'homme, il s'étoit reposé ;
Il a paru : c'est lui ; son pied frappe le monde,
    Et le monde est brisé.

Tremblez, humains ; voici de ce Juge suprême
    Le redoutable tribunal :
Ici perdent leur prix l'or et le diadême ;
    Ici l'homme à l'homme est égal ;
Ici la Vérité tient ce livre terrible
    Où sont écrits vos attentats ;
Et la Religion, mère autrefois sensible,
S'arme d'un cœur d'airain contre ses fils ingrats.
    Sortez de la nuit éternelle,
    Rassemblez-vous, ames des morts ;
    Et, reprenant vos mêmes corps,
Paroissez devant Dieu. c'est Dieu qui vous appelle.
    Arrachés de leur froid repos,
Les morts du sein de l'ombre avec terreur s'élancent,
Et près de l'Eternel en désordre s'avancent,
Pâles, et secouant la cendre des tombeaux.

O Sion ! ô combien ton enceinte immortelle
Renferme en ce moment de peuples éperdus !
Le Musulman, le Juif, le Chrétien, l'Infidelle,
Devant le même Dieu s'assemblent confondus.
Quel tumulte effrayant ! que de cris lamentables !
Ciel ! qui pourroit compter le nombre des coupables !
    Ici, près de l'Ingrat
Se cachent l'Imposteur, l'Avare, l'Homicide,
    Et ce Guerrier perfide
Qui vendit sa patrie en un jour de combat :
Ces Juges trafiquoient du sang de l'innocence
    Avec ses fiers persécuteurs ;
    Sous le vain nom de bienfaiteurs,
Ces grands semoient ensemble et les dons et l'offense.
Où fuir? où vous cacher? l'œil vengeur vous poursuit,
Vous, brigands, jadis rois, ici sans diadême ;
Les antres, les rochers, l'Univers est détruit ;
    Tout est plein de l'Être suprème.

Rec. de Poés. sac.   8

Coupables, approchez :
De la chaîne des ans les jours de la clémence
        Sont enfin retranchés.
Insultez, insultez aux pleurs de l'innocence :
        Son Dieu dort-il? répondez-nous?
Vous pleurez? vains regrets ! ces pleurs font notre
            joie.
A l'Ange de la mort Dieu vous a promis tous;
        Et l'Enfer demande sa proie.

Mais d'où vient que je nage en des flots de clarté?
Ciel ! malgré moi, s'égarant sur ma lyre,
Mes doigts harmonieux peignent la volupté!
Fuyez, pécheurs, respectez mon délire.
        Je vois les Elus du Seigneur
Marcher d'un front riant au fond du sanctuaire;
Des enfans doivent-ils connoître la terreur
        Lorsqu'ils approchent de leur Père?

Quoi ! de tant de mortels qu'ont nourris tes bontés,
Ce petit nombre, ô Ciel ! rangea ses volontés
        Sous le joug de tes lois augustes !
Des vieillards, des enfans, quelques infortunés!
A peine mon regard voit entre mille justes
        S'élever deux fronts couronnés.

Que sont-ils devenus ces peuples de coupables
        Dont Sion vit ses champs couverts ?
Le Tout-Puissant parloit; ses accens redoutables
        Les ont plongés dans les Enfers.
Là, tombent condamnés et la sœur et le frère,
Le père avec le fils, la fille avec la mère,
Les amis, les amans, et la femme et l'époux,
Le roi près du flatteur, l'esclave avec le maître,
Légions de méchans, honteux de se connoître,
Et livrés pour jamais au céleste courroux.

Le Juste enfin remporte la victoire,
Et de ses longs combats, au sein de l'Eternel,
Il se repose environné de gloire;
Ses plaisirs sont au comble, et n'ont rien de mortel;
Il voit, il sent, il connoit, il respire
Le Dieu qu'il a servi, dont il aima l'empire;
Il en est plein; il chante ses bienfaits;
L'Eternel a brisé son tonnerre inutile;
Et d'ailes et de faux dépouillé désormais,
Sur les mondes détruits le Temps dort immobile.

ODE DE DUCHÉ,

SUR LE BONHEUR DES JUSTES.

Heureux l'homme qui fuit les approches funestes
De ceux qui du Seigneur bravent la sainte loi !
Plus heureux s'il ne suit que les clartés célestes,
Ennemi de l'erreur et constant dans sa foi !
Ce sacré flambeau l'illumine;
L'éclat d'une fausse doctrine
N'a pour lui que de faux appas :
Soit que l'astre du jour lui montre sa lumière,
Soit que la nuit l'invite à fermer la paupière,
Du sentier de la grace il ne s'éloigne pas.

Comme un arbre planté sur un heureux rivage,
Où des ruisseaux voisins prodiguent leurs trésors,
Il ne verra jamais tomber son vert feuillage;
Les vents pour l'ébranler feront de vains efforts.
Mille félicités l'une à l'autre enchainées
Suivront le cours de ses années :

Il aura son fruit dans son temps.
Par une sainte mort assurant sa mémoire,
Il en va recueillir une moisson de gloire
Qui bravera l'envie et l'injure des ans.

Au Maître des mortels vous qui faites la guerre,
Ne vous attendez pas à cette heureuse mort.
La poudre que le vent soulève de la terre,
Mille fois à vos yeux a tracé votre sort.
  Vous périrez, tremblez, impies :
  Vous verrez vos coupables vies
  Tomber sous le bras du Seigneur.
Il balance déjà la foudre sur vos têtes :
Je ne prévois pour vous que d'horribles tempêtes :
Tremblez, encore un coup, et frémissez d'horreur.

TRIOMPHE DE LA RELIGION
DANS LE CIEL,

Fragment de M. de la Harpe.

Le Poëte, usant de tous les priviléges du merveilleux Chrétien, se transporte dans le Ciel ; il y voit tous les Saints réunis autour du trône de Dieu, et peint, en retraçant leurs divers caractères, les vertus et les bienfaits qu'on doit au Christianisme.

DANS ce temple d'Elus, ô Dieu, que de splendeur !

. . . .

C'est là que de tes dons brille ta créature :
Tu lui rends tous les droits de sa noble nature ;
Riche de ta puissance, heureuse en ta bonté,
Pure dans ta sagesse et dans ta vérité.

Ton œil n'aperçoit point, au séjour de la gloire,
Tous ces faux demi-dieux dont la vaine mémoire,
Ici bas adorée, a péri dans les cieux ;
Leurs jours, pleins devant nous, sont vides à tes yeux.
Ils sont morts devant toi tous ces *grands*, tous ces
    sages,
Qui du monde et du temps ont brigué les hommages,
Qui leur ont demandé ces couronnes d'orgueil,
Ces titres du néant écrits sur un cercueil,
Le Ciel ne connoît pas ces triomphes frivoles ;
A la terre abusée il laisse ses idoles.
Tes martyrs, près de toi, brillent au premier rang ;
Ici, l'erreur insulte à leur gloire, à leur sang :
Pour d'ingrats ennemis leur sang demande grace ;
Des prodiges sans nombre en ont marqué la trace,
Ont révélé leur cendre à des peuples nouveaux ;
Une vertu céleste habite leurs tombeaux.
Vous partagez l'éclat de ces faveurs divines,
De la sainte pudeur, touchantes héroïnes,
Compagnes de l'époux, délices de l'Agneau,
Vierges que son amour dota d'un nom si beau :
Vous étiez devant lui les Anges de la terre ;
Vous êtes dans les cieux sa palme la plus chère.
Il place auprès de vous ces cœurs simples et droits,
Qu'il instruisit lui-même à méditer ses lois,
A chérir les humains en adorant leur père ;
Qui vers lui chaque jour, montés par la prière,
Par l'aveu des besoins attirant sa bonté,
Sur sa force appuyoient l'humaine infirmité ;
Et, cherchant du devoir les routes peu frayées,
Ont caché dans son sein des vertus oubliées.
Combien, dans un haut rang, d'autres plus éprouvés,
Dans le faste des cours nourris et préservés,
Princes, rois, au Très-Haut qui traça leur carrière,
Ont offert en tribut le bonheur de la terre !

8 *

Et Dieu daigne à jamais acquitter dans ses Saints
Tout le bien qu'en son nom ils ont fait aux hu-
            mains,
Tout ce que leur dicta ce sublime héroïsme
Qu'en vain le siècle impie a nommé *fanatisme.*
Des Saints fondèrent seuls, en vingt climats divers,
Ces asiles pieux à l'indigence ouverts,
Que n'avoit point connus l'humanité païenne,
Et qu'enrichit des rois l'opulence chrétienne,
Seul refuge où le pauvre, objet de tous les soins,
Ait un droit assuré, celui de ses besoins;
Où ce seul droit prépare un lit à la souffrance,
Le pain à la vieillesse, et le lait à l'enfance,
Ils furent saints aussi, ces hommes sans éclat,
Aux travaux, aux périls, dévoués par état;
Qui, portés sur les mers en des pays barbares,
Disputant des captifs à leurs maîtres avares,
Pour briser leurs liens sans cesse alloient offrir
L'or sacré que leur zèle avoit su conquérir:
La Charité guidoit ces courses magnanimes;
Et Dieu seul bien souvent en connut les victimes.
La Charité portoit aux plus lointains climats
Ces envoyés du Ciel, qui, bravant le trépas,
Couroient, la croix en main, de rivage en rivage,
Eclairer par la foi l'ignorance sauvage.
La Charité voulut qu'un sexe foible et doux,
De ses sens délicats surmontant les dégoûts,
Souvent même échappé des bras de la mollesse,
Des pompes de la cour, des jeux de la jeunesse,
Vînt s'asseoir près du lit de l'humble pauvreté.
Servi par la grandeur, soigné par la beauté,
Le pauvre a béni Dieu des vertus qu'il inspire,
Et que seul peut payer le Ciel qui les admire.
Et vous de qui la foi veilla dans les déserts,
Lampe toujours brillante aux yeux de l'univers,

Devant qui pâlissoit le mensonge indocile,
Quand vos rayons si purs éclairoient un concile,
Combien de votre voix le pouvoir respecté
De la Religion soutint la pureté !
Saints orateurs, j'entends en Europe, en Asie,
Eclater votre voix qui confond l'hérésie ;
Son opprobre est gravé en vos puissans écrits,
Faits pour rendre au néant ces frivoles esprits,
Qui nous ont paru grands en des jours de délire :
Ils ont fondé l'erreur, et l'erreur les admire.
Son règne est d'un moment : la vérité des Saints,
Celle qui du Très-Haut expliqua les desseins,
Est encore ici-bas d'honneurs environnée,
Et s'éternise au sein du Dieu qui l'a donnée.

ODE SUR LA PROVIDENCE,

Par M. Arcère.

Quel spectacle étonnant ! de ta bonté féconde,
  Grand Dieu, les trésors sont ouverts.
De la nuit du chaos tu fais sortir le monde,
  Ta voix enfante l'univers.
La terre offre à mes yeux ses richesses naissantes,
Et l'empire des eaux ses vagues écumantes.
  Des cieux j'admire la splendeur.
Les feux étincelans de la céleste voûte
Me retracent déjà dans leur immense route
  Une image de ta grandeur.

Cette scène à mes yeux va bientôt disparoître :
  L'abime s'ouvre devant moi ;
L'univers se dissout.... O toi qui l'as fait naître,
  Il ne peut durer que par toi.

Je le vois chancelant par sa propre foiblesse ;
Si ton bras tout-puissant ne le soutient sans cesse ,
   Il périt à chaque moment.
Viens, oppose à sa perte un salutaire obstacle,
Et pour le conserver prolonge le miracle
   Que ta main fit en le formant.

Un ordre merveilleux règne dans la nature.
   Non, d'insensibles élémens
N'entretiendront jamais ce bel ordre qui dure
   Depuis la naissance des temps.
La matière se meut, et je vois ce Prothée
Prendre, quitter, reprendre une forme empruntée.
   Qui produit tant d'effets divers ?
De ces combinaisons je recherche les causes ;
Et mon esprit retrouve en ces métamorphoses
   Le Dieu qui forma l'univers.

L'ombre fuit, et déjà la rive orientale
   De l'aurore a reçu les pleurs ;
La lumière naissante à mes regards étale
   L'éclat des plus vives couleurs.
J'adore, en la voyant, la sagesse immortelle
Qui par ce don brillant rend la terre si belle ;
   A sa suite marche le bruit ;
Elle vient du sommeil bannir la douce ivresse :
Tout s'anime : bientôt de leur active adresse
   Les mortels goûteront le fruit.

Ah ! c'est toi que j'admire en sa marche rapide,
   Globe ardent, globe lumineux.
Tu fends les airs : dis-moi quelle est la main qui guide
   Le cours de tes utiles feux ?
Quel compas a tracé ta constante carrière ?
Tu voles, tu répands une active lumière,

Gage des célestes faveurs.
D'un vert, ami des yeux, la terre se couronne :
Les trésors de l'été, les présens de l'automne
    Du printemps remplacent les fleurs.

Mais quelle affreuse nuit partout répand ses ombres?
    Les vents frémissent dans les airs ;
Le tonnerre se forme, et des nuages sombres
    Sortent les foudres, les éclairs.
Tout va périr, grand Dieu ! qu'ai-je dit, téméraire!
    Tu vas faire couler une onde salutaire
    Du sein de ces noirs tourbillons.
Mille et mille ruisseaux s'épanchent à ma vue;
Et, sortant avec bruit des prisons de la nue,
    Ils enrichissent nos sillons.

Orgueilleux Océan, toi dont l'onde si fière
    Frappe la rive en frémissant,
Arrête : un peu de sable est l'unique barrière
    Que t'oppose le Tout-Puissant.
Déjà loin de nos bords une mobile masse,
Jouet des aquilons, fend l'humide surface
    Et parcourt cent divers climats.
Vaste mer, vents fougueux, servez la Providence;
Par vous aux nations sa sagesse dispense
    Les richesses qu'elles n'ont pas.

Tout change autour de moi. Le théâtre du monde
    Offre des plaisirs, des douleurs :
J'aperçois chaque jour une scène féconde
    En brillans succès, en malheurs.
Est-ce un destin aveugle, ou le pouvoir des astres
Qui règle le bonheur, qui règle les désastres,
    Et fait naître ces changemens?
De ces effets divers la cause m'est connue :
Un Dieu préside à tout : c'est son doigt qui remue
    Les ressorts des événemens.

Il tire l'indigent du sein de la poussière ;
    De l'innocent il rompt les fers :
Sa justice humilie une ame trop altière,
    Et la livre à d'affreux revers.
Arbitre des Etats qu'il enlève ou qu'il donne,
A tous les Souverains, quand il renverse un trône,
    Il fait des leçons de terreur ;
Et quand il veut punir des nations perfides,
Il arme les humains : leurs glaives homicides
    Sont l'instrument de sa fureur.

Du bien de tes enfans, aimable et tendre père,
    Tu fais le plus doux de tes soins ;
Tu consultes, Seigneur, touché de leur misère,
    Et ton amour et leurs besoins.
Un ennemi cruel contre moi se déchaîne :
Que peuvent les transports d'une impuissante haine ?
    Contre lui tu combats pour moi.
Accablé de mes maux, ta bonté me délivre,
Auteur de l'univers, c'est toi qui me fais vivre.
    Je ne dois vivre que pour toi.

LE CHRIST ;

Fit Deus hostia.

Par un Auteur inconnu.

LOIN de moi, Déités frivoles,
Muses, Phébus, fuyez mes vers ;
Fuyez, chimériques idoles,
Je ne veux point de vos concerts.
Esprit sacré, Dieu que j'atteste,
Du haut de ton trône céleste

Souffle ton feu sur mes esprits ;
Viens, descends, et que ta lumière,
Epurant en moi la matière,
Eclate seule en mes écrits.

Terre, pare-toi de verdure ;
Astre, brillez des plus beaux feux ;
Rois vains, courbez-vous sans murmure,
Prosternez-vous, Anges des Cieux.
Et toi, Sion, long-temps captive,
Lève ton front, le jour arrive
Où ton Dieu va briser tes fers,
Le Fils de l'Eternel va naître ;
Peuple, venez le reconnoître,
C'est le Sauveur de l'Univers.

C'est au sein d'une Vierge mère
Que le Christ doit être enfanté ;
Il va supporter la misère
Que doit souffrir l'humanité.
Eh quoi ! la plus humble chaumière,
Du jonc, de la paille grossière
Vont recevoir le Fils de Dieu !
Palais, chefs-d'œuvre magnifiques,
Séjour des Rois, vastes portiques,
Egalez-vous ce simple lieu ?
Il naît, ce Dieu que les oracles
Ont annoncé depuis long-temps ;
Il naît..... et les plus grands miracles
Vont signaler ses premiers ans.
Déjà, dans sa plus tendre enfance,
Sa foible voix, de l'ignorance,
Au temple détruit les erreurs ;
Et la vérité triomphante,
Qui sort de sa bouche éloquente,
Brille et confond les faux Docteurs;

Jésus parle, les vents se taisent,
Les morts renaissent des tombeaux,
Les vagues en courroux s'apaisent,
Et Pierre marche sur les eaux ;
L'aveugle né voit, sur ses traces,
Le boiteux aller rendre graces
Au puissant Dieu qui les guérit ;
Et le sourd est surpris d'entendre
Le muet en tous lieux répandre
Les miracles de Jésus Christ.

Reine des villes, cité sainte,
Jérusalem, réjouis-toi ;
Tu vas bientôt dans ton enceinte
Posséder ton maître et ton roi.
Il vient.... quels transports d'allégresse !
Le peuple sème avec ivresse
Des fleurs sous ses pas triomphans ;
On le chérit, on le révère ;
Jésus-Christ est un tendre père
Environné par ses enfans.

Ne vante plus, superbe Rome,
Tes triomphes impérieux ;
Celui du Dieu qui s'est fait homme,
Est plus juste et plus glorieux.
Là, fumant encor de carnage,
Le vainqueur traîne en esclavage
Des rois dans la poudre abattus ;
Ici, le Christ à sa puissance
Soumet les cœurs par la clémence,
Et triomphe par les vertus.

Que vois-je ? un supplice s'apprête.
Grand Dieu ! quels affreux changemens
Eh quoi ! la plus superbe fête
N'annonçoit donc que des tourmens ?

Jérusalem, verse des larmes,
Gémis, voici le jour d'alarmes ;
Revêts-toi de sombres couleurs ;
Le Christ, innocente victime,
Va d'un trépas illégitime
Subir la honte et les douleurs.

Eh quoi ! c'est lui, cœurs insensibles,
Que vous chargez ainsi de coups ?
Arrêtez, bourreaux inflexibles,
C'est votre Dieu, que faites-vous ?
Je parle en vain... on le déchire :
Dans les tourmens le Christ expire.
Frappe, Dieu vengeur, il est temps :
Est-ce en vain que tu tiens la foudre ?
Détruis la terre, et mets en poudre
Ses sacrilèges habitans.

Quel bruit horrible !... Je frissonne...
M'exauces-tu, terrible Dieu ?
La terre tremble, le ciel tonne ;
L'air embrasé vomit du feu.
Parmi les flots la flamme roule,
Le temple tout-à-coup s'écroule,
Le soleil recule d'effroi :
Tout s'ébranle dans la nature...
Toi seule, ingrate créature,
Peux-tu méconnoître ton Roi ?

Ton Fils n'est plus... Seigneur, achève...
Mais son tombeau s'ouvre, il en sort ;
Et soudain aux cieux il s'élève
Vainqueur des temps et de la mort.
Tel, en finissant sa carrière,
L'astre brillant de la lumière

Paroît s'engloutir dans les mers,
Et tout à coup sortant de l'onde,
Il revient éclairer le monde,
Et ranimer tout l'univers.

Mais que vois-je ? le ciel s'entr'ouvre,
Le Christ encor s'offre à mes yeux.
Quels lieux inconnus je découvre !
Qui me transporte dans les cieux ?
Là, spectateur de sa victoire,
Je vois ce Dieu, brillant de gloire,
Assis sur un trône éternel :
Le chœur des Anges, qui s'incline
Devant sa Majesté divine,
Célèbre un jour si solennel.

O vous, cœurs ingrats, troupe injuste,
Venez, incrédules mortels,
Voyez, c'est votre Maître auguste
Qu'on immole sur nos autels ;
N'en doutez pas, oui, c'est lui-même ;
Rougissez d'une erreur extrême,
Devant ce Dieu prosternez-vous,
Ou redoutez le jour terrible
Où vous le verrez inflexible
Vous livrer à tout son courroux.

FRAGMENT D'UNE ODE

A la louange de la Sainte VIERGE,

Par M. Roi.

C'EN est fait d'Israël ; Judith, que le Ciel guide,
Terrasse d'un seul coup tout le camp des vainqueurs:
    Esther ne s'arme que de pleurs ;
Elle parle, un roi tremble, et l'oracle homicide
Se tait ; un calme heureux succède à tant d'horreurs.

D'un triomphe plus grand je vais tracer l'image ;
Est-ce un peuple sauvé? non, c'est tout l'univers.
    Vaincre la mort, briser ses fers,
Ne fut de ce combat que l'ombre et le présage.
Ici l'enfer succombe, et les cieux sont ouverts.

Dissipe notre nuit, parois, divine aurore,
Toi qui dois enfanter le soleil immortel :
    Athènes consacre un autel
Au Dieu que l'on attend, sans le connoître encore ;
Et le Druide t'offre un culte solennel.

C'étoit dans nos forêts que ces prêtres sauvages,
Par un instinct secret t'adressèrent leurs vœux :
    Plus éclairés que nos aïeux,
O Vierge ! nous t'offrions de plus dignes hommages ;
Le bien qu'ils attendoient est présent à nos yeux.

Qui m'ouvre en ce moment les portes éternelles ?
Je te vois sur le trône où ton fils est placé :
    Là le tonnerre est balancé ;
Tu détournes le coup de nos têtes rebelles ;
Tu nous couvres du sang qu'un Dieu même a versé.

Eh! sans toi, des mortels eût-il lavé le crime?
Ton amour et le sien se sont unis pour nous.
    Mère tendre, au juge en courroux
Tu sais mieux qu'Abraham immoler la victime :
Vos deux cœurs ont été percés des mêmes coups.

HYMNE A LA SAINTE VIERGE,

Par M. R. d'Orléans.

Quels éclairs ont percé les ombres
Qui couvroient ce vaste univers?
Quels feux chassent ces voiles sombres
Et les dissipent dans les airs?
Un nouvel astre vient d'éclore;
Plus riche et plus doux que l'aurore,
Il s'annonce par ses bienfaits:
D'Eden, noble et chère patrie,
Je vois cette terre flétrie
Recouvrer ses brillans attraits.

Je vous salue, astre propice,
Brillante étoile du matin,
Par vous la paix et la justice
Vont réparer notre destin.
Nos pères, d'un œil prophétique,
Dans un avenir magnifique
Ont vu ce jour consolateur;
Ils vous ont prédite, ô Marie!
De David, ô fille chérie,
Mère auguste du Rédempteur!

Vierge, le plus parfait ouvrage,
Du Dieu dont tout peint la splendeur,
Beauté pure, heureux assemblage
Et d'innocence et de grandeur,
J'entends l'immortel chœur des Anges
Célébrer aux cieux vos louanges
Par un cantique solennel,
Quand, dans votre obscurité sainte,
Vous ne recevez qu'avec crainte
Le message de l'Eternel.

Ne craignez point, humble Marie,
Sainte épouse de l'Esprit-Saint;
Le Verbe, auteur de la vie,
Est fait homme dans votre sein;
Déposant sa toute-puissance,
A tous les besoins de l'enfance
Il se soumet entre vos bras,
Et vous couvrez de vos caresses
Celui qui répand ses largesses
Sur des pervers et des ingrats.

Ingrats! de la crèche au calvaire,
Osez suivre un Dieu délaissé;
Considérez sa tendre mère :
De quel trait son cœur est percé!
Comme son ame est défaillante,
Lorsqu'au pied de la croix sanglante,
Debout, contemplant le Sauveur,
Au milieu d'un peuple en délire,
A son fils elle semble dire :
Je suis la mère de douleur.

Mais soudain quels cris de victoire
Ont fait pâlir tous les bourreaux!
Le Christ, environné de gloire,
Sort vivant du fond des tombeaux :

Ah! triomphez, heureuse mère!
Dans les cieux, au sein de son père,
S'il vous devance en ce moment,
Un trône déjà vous appelle,
Dont l'éclat divin étincelle
De tous les feux du firmament.

Reine de ce séjour suprême,
Noble espoir des foibles humains,
Les trésors du Dieu qui nous aime
Ont été remis en vos mains :
Sur la mer fertile en naufrages,
Votre voix commande aux orages
Et brise la fureur des flots;
Du Ciel apaisant la colère,
C'est vous qui donnez à la terre
Et l'abondance et le repos.

Marie! ô nom plein d'espérance,
Nous vous bénissons dans nos chants,
De la tendre reconnoissance
Nos cœurs rediront les accens :
Tout ce que l'ame la plus pure
Peut concevoir dans la nature
De plus touchant et de plus doux,
Exprime, avec trop de foiblesse,
Cette pieuse et sainte ivresse
Qui nous élève jusqu'à vous.

FIN.

TABLE

Des Poésies sacrées.

TABLE.

Fin de la Table.

De l'Imprimerie d'Ange Clo, rue St.-Jacques,
n°. 38.

www.ingramcontent.com/pod-product-compliance
Lightning Source LLC
Chambersburg PA
CBHW071113260626
47162CB00006B/2308